策劃：陳萬雄

作者：蔡嘉亮

三國成語故事

商務印書館

本書由鴻文萬有文化有限公司授權出版。

三國成語故事

策　　劃：　陳萬雄

作　　者：　蔡嘉亮

責任編輯：　鄒淑樺　黎彩玉

封面設計：　涂　慧

出　　版：　商務印書館（香港）有限公司

　　　　　　香港筲箕灣耀興道 3 號東匯廣場 8 樓

　　　　　　http://www.commercialpress.com.hk

發　　行：　香港聯合書刊物流有限公司

　　　　　　香港新界荃灣德士古道 220-248 號荃灣工業中心 16 樓

印　　刷：　中華商務彩色印刷有限公司

　　　　　　香港新界大埔汀麗路 36 號中華商務印刷大廈

版　　次：　2021 年 6 月第 1 版第 1 次印刷

　　　　　　© 2021 商務印書館（香港）有限公司

　　　　　　ISBN 978 962 07 0583 0

　　　　　　Printed in Hong Kong

出版說明

　　三國故事和人物，是中國歷史上最為大家熟悉、最動人的一段歷史。本書選取了三國時期的成語，讓讀者認識三國的故事和人物，並同時掌握和運用這些成語。

　　本書的特點：

1. 讀三國故事　學習成語

　　本書所選取的三國成語故事，重視現代的教育意義；而成語的本身，仍具語文的生命力，可以活用。讀者透過閱讀本書，不僅認識了三國人物的故事，還能提高文學素養、語文水平。

2. 豐富的內容結構　集歷史與中文學習於一體

　　本書內容：解釋成語的意義；說明成語的出處；羅列本成語的近、反義詞；講述成語的背景故事；另以延伸閱讀，點示成語故事對現今社會和個人的啟示；最後精選該成語的歷代例句，讓讀者更易掌握和懂得準確的運用。

3. 故事主角配上畫像，並附錄有關主要三國人物的簡介

　　就每則成語故事的主要三國人物，配上精美的畫像。最後全書附上主要三國人物的簡介，增加閱讀興趣，加深對三國歷史的瞭解。

目錄

授人以柄

■ 釋　義　把劍柄交給別人。比喻將權力交給別人，是讓人抓住致命的關鍵、弱點、缺點，使自己變成被動。

【出處】所謂倒持干戈，授人以柄，功必不成。（陳壽《三國志・魏志・王粲傳》）

■ 近義詞　倒持泰阿

■ 故事背景

陳琳勸何進不要招惹董卓進京，免引狼入室。

東漢靈帝末年，外戚與宦官爭權，以何太后兄長、大將軍[1]何進為首的外戚欲剷除宦官勢力，遭何太后反對。何進聽從中軍校尉[2]袁紹的建議，計劃召集地方有軍事實力的將領如董卓等入京殺掉宦官，以此挾迫何太后。

為何進掌管大將軍府文書和事務的陳琳出言阻止，認為事不宜遲，應速戰速決。陳琳說：「將軍你現在統領朝政，手握軍權，威武如龍虎，進退都可以隨心所欲，以你的權力剷除宦官，可謂易如反掌。你只要當機立斷，以雷霆般迅速

1　大將軍：是東漢時最高的軍事職級，位在「三公」之上。原本不常置，是戰爭時期才委任的最高軍事領袖。到東漢中後期，常成為外戚和權臣據此職以擅權。

2　中軍校尉：是軍事的高級將領。東漢大將軍營下分五部，校尉是一部的首領。

的手段展開行動，雖然有違常規，但合乎道義，天下人都會順從你。若你放棄最有效的方法，征召他人入京，到時候大軍集結京師，強勢者就有機會成為英雄，你這樣做無異於將手上的兵器送給別人，把大權交給他人，自己變成被動，這樣做不僅不會成功，還隨時造成禍亂。」

典軍校尉曹操則認為，自古以來就有宦官，他們有機會弄權，只不過是因為得到君主寵信，其實要懲治宦官，只需派人殺掉幾個宦官頭目便可成事，何需召來地方將領？

何進沒有聽曹操、陳琳的建議，結果董卓尚未進京，他已被宦官殺掉。最後導致野心勃勃的董卓進佔京城，廢少帝，立獻帝，獨攬朝政，胡作妄為。最後引發關東地區盟軍[3]討伐董卓，董卓挾持獻帝遷都長安的局面。

陳琳逃往冀州，袁紹讓他主管文書典籍，袁紹敗亡後，陳琳轉而投靠曹操。

■ 延伸閱讀

由此可見，何進和袁紹的政治眼光和勇氣，遠不如陳琳和曹操，弄巧反拙，化主動

陳琳

3　關東盟軍：東漢末年初平元年（公元 190 年）因董卓擅權亂政，在首都洛陽以東的地方刺史和郡守，組成以袁紹為盟主的討伐董卓的盟軍，稱「關東盟軍」。

為被動，自造禍亂。建安五年（公元 200 年）曹操與袁紹之間的「官渡之戰」，是關乎曹操和袁紹雙方興衰的一場著名戰爭。在這場戰役中，曹操卻以弱勝強。決戰前夕，就曹操和袁紹兩人的眼光和能力作過比較，曹操謀士荀彧和郭嘉，分別從眼光和能力去分析了兩人之間的優劣，而得出曹操對於袁紹有「四勝四敗」、「十勝十敗」[4] 的區別。三國大謀士諸葛亮，也曾說及曹、袁這場戰役的成敗，不在軍事力量的強弱，而在「人謀」。所以作為領袖，眼光和具備的能力很重要。

歷代例句

宇文泰為三軍所推，居百二之地，所謂己操干戈，寧肯授人以柄，雖欲撫之，恐是「據於蒺藜」也。（唐李延壽《北史‧裴俠傳》）

如喜其便捷，委以耳目腹心，未有不倒持干戈，授人以柄者。（清紀昀《閱微草堂筆記‧如是我聞一》）

當初你自己有許多授人以柄的毛病。（現代《小說月報》1981 年第一期）

---

4 「四勝四敗」和「十勝十敗」：在建安五年（公元 200 年），曹操與袁紹在「官渡之戰」決戰前，為鼓勵曹操的信心，曹操首席謀士荀彧評估戰情，謂曹操比之袁紹，作為領袖的優劣，曹有「四勝」而袁則「四敗」。而曹操另一謀士郭嘉更細分曹操和袁紹的優劣是「十勝十敗」。

三國成語故事

死不瞑目

■ 釋　義　死了也不閉眼。
　　　　　謂心事未了，死有遺憾。

【出處】堅曰：「卓（董卓）逆天無道，蕩覆王室，今不夷汝三
　　　　族，縣〔懸〕示四海，則吾死不瞑〔解瞑字〕目。」（陳
　　　　壽《三國志・吳志・孫堅傳》）

■ 近義詞　抱恨終天
■ 反義詞　稱心如意、趁心如意

■ 故事背景

孫堅痛恨董卓逆天無道，決心推翻董卓。

中平六年（公元 189 年），靈帝駕崩，董卓專權，各州郡刺史興兵討伐董卓，孫堅也舉兵響應。往京途中，孫堅先後殺掉荊州刺史王叡、南陽太守張咨，率兵數萬到了魯陽，與袁術相見。袁術任孫堅為豫州刺史。

孫堅留在魯陽城整頓軍隊，準備進軍討伐董卓時，董卓已派兵出戰。董卓有數十名騎兵先到，當時孫堅正與下屬在城門外飲酒談笑，他命令部隊先整頓軍陣，但不得妄動。隨後董卓的騎兵漸漸地多起來，孫堅才離座氣定神閒地帶領大家入城。董卓的軍隊眼見孫堅軍容整齊，恐防城內有詐，未敢攻城便撤退了。孫堅入城後對身邊的人說：「剛才我沒有立即起身，是擔心士兵因害怕而一起擁進城，令諸位

不能進城啊！」

孫堅移師梁縣東部，董卓方面一再來攻擊都被孫堅擊退。此時，有人在袁術面前中傷孫堅，袁術起疑，便不給孫堅運送糧草。孫堅連夜飛馬往見袁術，解釋自己努力作戰，對上是為朝廷討伐逆賊，對下是為袁術報仇。袁術聽後釋疑，即調發軍糧，孫堅亦返回駐紮地。

董卓忌憚孫堅的實力，想到以和親來與孫堅結好，並讓孫堅列出兒子和弟弟的名單，讓他上表朝廷，任命他們為御史、郡守。但孫堅拒絕，他說：「董卓你背逆天意，沒有道義，顛覆漢室，如果我現在不誅你三族，向全國昭示，我即使死也不能閉眼，又怎能與你和親呢？」於是再次進軍大谷關，直抵洛陽九十里外的地方。董卓不久就挾持獻帝西往長安，行前焚燒洛陽城。孫堅到了洛陽後，修復宗廟、皇陵，完成後便領軍返回魯陽。

初平三年（公元 192 年），袁術派孫堅出征荊州，攻打劉表，孫堅被黃祖的軍士射殺身亡。

孫堅

三國成語故事

孫堅是東漢末年擅戰的名將，三國時能與曹魏和劉蜀鼎立的在江東的孫吳，基礎是他所奠下的。他率領的將兵，忠勇善戰，意氣相投，也為江東子弟樹立了風範。可惜孫堅與他少年英雄的長子孫策，雖然勇猛善戰，行事卻魯莽，亦因魯莽而殞命。由楚國項羽，到孫堅孫策父子，完全表現了所謂「南方之勇」。

歷代例句

及神武疾篤，謂文襄曰：「芒山之戰，不用元康言，方貽汝患，以此為恨，**死不瞑目**。」（唐李延壽《北史・陳元康傳》）

恨母老子幼，**死不瞑目**爾。（清張廷玉等《明史・武大烈傳》）

我覺得倘不將這藥認作「戒煙藥水」，他大概是**死不瞑目**的。（近代魯迅《華蓋集續編・馬上支日記》）

眾寡不敵

■ 釋　義　意指人少抵擋不過人多。

【出處】今欲誅卓，眾寡不敵。（陳壽《三國志‧魏志‧張範傳》）

■ 近義詞　眾寡懸殊、寡不敵眾
■ 反義詞　人多勢眾

■ 故事背景

張承欲討伐董卓，他弟弟張昭認為兵力寡不敵眾，應待適當時機才可行事。

張範淡薄名利，不願踏足仕途。他的兩個弟弟張承和張昭則分別被征召，承升任伊闕〔今地名〕都尉，昭任侍郎。董卓入主洛陽亂政，張承想召集軍隊與天下豪傑一同誅伐董卓，是時張昭剛從長安趕來伊闕，與張承說：「如今我們想誅殺董卓，但敵眾我寡，力量不足，況且臨時謀劃策略，軍隊也是剛從農民征召過來，拉雜成軍，他們未經訓練，恐怕難以成功。而董卓只恃着擁重兵而不守道義，是不可能長久，倒不如選擇一個可以歸附的地方，待時機成熟再行動，這樣才能實現我們的願望。」張承認為說得有道理，便丟下官印返回家鄉，與張範到揚州避禍。

袁術邀請張範助其圖謀

霸業，張範推辭，派張承去見袁術。袁術以自己擁有廣大領土，眾多士兵和百姓，應能圖霸業。張承卻不以為然，認為成功與否，不在於力量強大，而在於能否以德服人。袁術聽後不悅。

曹操將征討冀州，袁術又問張承，曹操以幾千疲憊兵馬對抗十萬雄師，是否不自量力。張承又回應說漢朝氣數未盡，曹操扶持天子號令天下，即使與百萬雄師對抗也是可行的。袁術聽後老大不高興。

後來曹操平定冀州，派使者迎接張範，張範因病留在彭城，派張承往見曹操，曹操上表朝廷任命張承為諫議大夫。不久又任命張範為議郎，參丞相軍事，曹操更非常尊重張範，並常叮囑曹丕做任何事都要先徵詢張範和邴原，曹丕亦以禮待他們兩人。

■ 延伸閱讀

由以上幾樁關於張範的事例，可見張範是一個能洞悉時局，明辨是非，不以表面的強弱和形勢去作出判斷的高人。張範小弟張昭，不是輔助孫策和孫權的張昭，這位張昭乃彭城人，是東吳重臣，也是三國時期的著名學者。有子亦名張承。

張昭

裨將高永能曰:「吾眾寡不敵,宜及其未成陣衝擊之。」
(宋司馬光《涑水記聞》卷十四)

不料眾寡不敵,遂致喪師。 (元白樸《梧桐雨》楔子)

及戰,浙軍無不一當百,有卒跳牽(蔡牽)船上,牽幾
被擒,以眾寡不敵,死之。 (清昭槤《嘯亭雜錄‧李壯烈戰績》)

爬上了城的人因為眾寡不敵,都被打下了城來。 (近代
郭沫若《北伐途次》二十一)

迷途知返

【出處】若迷而知反，尚可以免，吾備舊知，故陳至情。（陳壽《三國志‧魏‧袁術傳》）

■ 近義詞 聞過必改、幡然悔悟
■ 反義詞 知過不改、屢教不改

■ 故事背景

　　袁術才德淺薄，卻妄圖稱帝，陳珪勸他迷途知返[1]，匡扶漢室。

　　袁術家世顯赫，過去四代有五人位居三公之職，他亦歷任朝廷和地方官員。可惜袁術無勇無謀，生活荒誕淫逸。董卓欲廢帝時，曾任袁術為後將軍，但他因害怕董卓而避走南陽，剛巧長沙太守孫堅殺了南陽太守張咨，他乘機佔據南陽。

　　袁術雖是袁紹堂弟，但兩人各懷異心。袁術帶兵北上陳留時，曹操與袁紹聯手對付袁術，迫得袁術敗走九江，殺掉揚州刺史陳溫，自己佔領揚州。

　　董卓被殺後，董卓舊將李傕〔音決〕等返回長安，挾持着獻帝，專擅朝政。李傕為拉

1　原出處用「迷途知反」。「反」，「返」的古字。

袁術

攏袁術，便以獻帝之名任袁術為左將軍，封陽翟侯，派太傅馬日磾往任命授爵，不料袁術竟扣留馬日磾，還奪去其符節（皇帝授權官員的信物）。

　　野心勃勃的袁術欲招攬天下賢士助他稱帝，其中一個是他兒時已認識的陳珪。陳珪同樣是三公世家的子孫，是已故太尉陳球的侄兒。袁術寫信給陳珪，要陳珪輔助他共謀大業，他還捉了陳珪次子陳應作威脅。陳珪卻回信拒絕，並說：「曹操將軍有神武之威，應天受命，正努力恢復朝綱，清剿叛逆，平定四海，我以為你出身於世代蒙受皇恩的公卿之家，會與天下英雄一同匡扶漢室，沒想到你竟然圖謀不軌，豈不令人痛心！我勸你還是迷途知返，痛改前非，還能免禍。這番話雖然不中聽，但你我是多年之交，我才會說出這番情同手足的真心話。若要我為一己之私與你同流合污，我寧願死也不會幹。」

　　獻帝興平二年（公元195年），獻帝在曹陽戰敗，袁術利用卦象說自己有當皇帝的命而登基稱帝，並冊封公卿百官。袁術既貴為國君，生活比從前更加窮奢極侈，軍中士兵卻吃不飽穿不暖，江淮一帶更是飢民處處，甚至出現人吃人的現象。

後來，袁術終於眾叛親離，先為呂布所敗，又被曹軍擊潰。他窮途末路，欲把皇帝稱號送給袁紹，便到青州投奔袁紹兒子袁譚，結果途中發病身亡。

■ 延伸閱讀

袁術出身於四世三公之世家，是典型的紈绔子弟。既野心勃勃，但又無自知之明，終至窮途末路，死前尚不知所以？實在可恨復可憐。

歷代例句

夫屋漏在上，知之在下，然迷而知反，失道不遠，過而能改，謂之不過。（陳壽《三國志・魏・王朗傳》）

夫迷塗知反，往哲是與；不遠而復，先典攸高。（南朝梁蕭統《文選》{丘希範}（{遲}）《與陳伯之書》）

危在旦夕

■ 釋　義　危險就在眼前。

【出處】今管亥暴亂，北海〔指孔融，孔融字北海〕被圍，孤窮無援，危在旦夕。（陳壽《三國志·吳志·太史慈傳》）

■ 近義詞　危如朝露
■ 反義詞　安如磐石

■ **故事背景**

孔融被黃巾賊包圍，命太史慈往劉備處借救兵。

太史慈是東萊郡〔山東〕人，在郡裏任奏曹里。一次，郡府與州府出現爭拗，需要上奏朝廷，但由於誰先上奏誰就佔優，而這時州府的人已經出發，郡太守派太史慈日夜兼程趕赴洛陽。他在負責接待上奏的公車門口，剛遇上州裏派送奏章的小官正在請求通傳，太史慈巧計騙去那人的奏章並毀掉，然後暗地裏將自己的奏章呈上公車門。州府發現後雖然再呈送奏章，但不獲受理。太史慈因此而為人知名。但事後，他擔心州府會加害於他，於是遠走遼東。

北海相孔融仰慕太史慈的事迹，多次派人帶着禮物拜訪太史慈的母親。黃巾賊亂，孔融出兵駐守都昌，被黃巾軍管亥圍困。太史慈從遼東回來，母親要太史慈協助孔融解圍，

以報答孔融。

太史慈偷偷潛入都昌城後，要求孔融派兵給他出城殺敵，但孔融沒同意，只想等待援兵來救。可惜援兵一直沒有到來，敵人的包圍越來越緊迫，孔融想向劉備求救，但沒有人敢冒險出城，太史慈自告奮勇請求由他前往。孔融擔心他難以成事，但太史慈表示，既然母親讓他來相助，就一定有信心他能幫得上忙，而且事情已迫在眉睫，不可再推遲了。孔融終同意他的請求。

太史慈收拾行裝，天明時帶着箭囊，提弓上馬，領着兩名騎兵各帶着箭靶，開門直出城外。城外賊兵突然見到有人衝出來，也驚惶地衝出來戒備，只見太史慈在城下的壕邊練習射箭，完事後便返回城內。翌晨也是如此，包圍城外的人有的站起來戒備，有的躺臥不予理會，太史慈練習後又

太史慈

再返回城內。第三日也是如此，但包圍的人已不再戒備，太史慈見賊軍鬆懈下來，於是策馬挺槍，衝出重圍。待賊軍察覺時，太史慈已走脫，還射殺了好幾個人，所以無人敢再追趕出去。

太史慈到了平原，向劉備道出他和孔融的情誼後，便說：「北海（孔融）被管亥包圍，孤立無援，危險已迫到眼前，孔融深慕你大仁大義，能救人於危難之中，因此盼望

你能拔刀相助。」劉備正容回答道：「北海也知道世間有劉備。」於是派出三千精兵跟隨太史慈回都昌。黃巾賊聞得救兵來到，急忙四散逃去。孔融得以解圍，更加敬重太史慈，太史慈的母親亦高興兒子能報答孔融。

■ 延伸閱讀

孔融是三國大名士，以機智而揚名。即由此事，也可見孔融非事功性的人物。太史慈是一名義勇之武將，後歸順孫策，成為東吳名將。歸順前，太史慈與孫策曾有一場單對單的龍虎鬥，不分勝負，亦因此而惺惺相惜，演出一齣英雄重英雄的一段引人入勝的歷史故事。

歷代例句

如今紫金關**危在旦夕**，父王因赦孤家出牢，立功折罪。
（清陳汝衡《說唐》第六十二回）

四鄉農民不穩，鎮上兵力單薄，**危在旦夕**，如何應急之處，乞速電複。（近代茅盾《子夜》二）

堅壁清野

■ 釋　義　加固壁壘使敵人不易攻擊，轉移人口、物資，使敵人無所得獲。在戰爭中常用為對付強敵入侵時的一種作戰方法。

【出處】今東方皆已收麥，必堅壁清野以待將軍。將軍攻之不拔，略之無獲，不出十日，則十萬之眾未戰而自困耳。（陳壽《三國志・魏・荀彧傳》）

■ 近義詞　固壁清野

■ 故事背景

曹操採納荀彧建議，乘勝追擊呂布，結果大勝，並取得兗州，為日後統一北方奠下基礎。

荀彧少有才名，南陽名士譽他為可輔助帝王的將相之才。他曾跟隨袁紹，但覺得袁紹難成大事，於是轉為投靠曹操，成為曹操重要的謀臣。

興平元年（公元 194 年），曹操征伐陶謙，命荀彧留守兗州。張邈、陳宮暗中勾結呂布背叛曹操，被荀彧識破，荀彧立即加強設防，並飛馬召夏侯惇回軍援助。夏侯惇到後，當晚便誅殺了幾十個圖謀反叛的人，局面稍為平復，等待曹操回來。曹操從徐州回軍時在濮陽打敗呂布，呂布往東逃走。

同年，陶謙病逝，曹操欲趁機奪取徐州，再回軍平定呂布，但荀彧勸阻，認為曹操以兗州起家，應先穩住兗州。

荀彧為曹操分析形勢，指

荀彧

出陶謙雖然死了，但徐州未必就能攻下。上次討伐徐州，曹操的濫殺，徐州百姓想到家人的被殺，定懷恨在心，官民必會誓死奮戰；另一方面，如今正值收割麥子的季節，徐州軍民必定以堅壁清野的政策加強防守，並將收割下來的糧食遷往他方，以防衛曹軍的進攻。若曹軍久攻不下，搶掠糧食又難有收獲，十萬大軍不出十日

就會疲憊困累，士氣下降。同時，若呂布乘虛反攻，兗州民心將更恐懼，屆時只有鄄城、范和衛三地可保，其他地方隨時落於呂布之手，也就如同失去兗州，到時候，曹操就難有安身之處。

荀彧建議曹操：「如今打敗了李封、薛蘭，如果分出一支軍隊向東攻打陳宮，陳宮一定不敢圖謀西面，我們可以趁機組織軍民，收割麥子，節約糧食，儲存穀物，就可以一舉擊敗呂布。然後向南聯合揚州的劉繇，共討袁術，控制淮水、泗水一帶。權衡利害，望將軍三思。」曹操採納荀彧建議，放棄進攻徐州，大規模收麥儲糧，增強實力。

不久，曹操大敗呂布，呂布連夜棄營逃往徐州，曹操乘勝攻取定陶城，並分別出軍收復兗州各縣。此戰為曹操日後統一北方奠定基礎。

荀彧是曹操崛起貢獻最大的謀臣，人們有比肩於諸葛亮。荀彧雖投靠曹操，但內心在復興漢室，安定天下，對曹操後來有篡漢之心，是抵制的。後因對曹操稱公有異議，為曹操迫逼而死。

不識時務

■ 釋　義　不認識時勢。

【出處】「有所不堪者，{魯國} {孔融}」注引 {張璠}《漢紀》:「是時天下草創，{曹 (操)} {袁 (紹)} 之權未分，{(孔) 融} 所建明，不識時務。」(陳壽《三國志·魏·崔琰傳》)

■ 近義詞　不達時務

■ 故事背景

　　孔融恃才傲物，多番開罪性格多疑的曹操，結果招來殺身之禍。

　　孔融年少時已因才華出眾，能言善道而為當世英雄豪傑所認識，河南尹李膺便曾形容孔融長大後必成大器。

　　孔融十六歲時，曾因代兄長孔褒窩藏被朝廷追捕的張儉而險些喪命，幸好朝廷以張儉本來是求孔褒收留，而下詔由孔褒頂罪，孔融才得以保命，並因此事而聲名遠震，後來還得到朝廷選用，三十八歲時官至北海相。

　　孔融治理北海六年，期間修復城池，推崇教育，設立學校，提拔士子，可是政績上卻無甚貢獻。他未能知人善任，無力打擊貪官刁民，又未能平定黃巾賊亂。建安元年 (公元 196 年)，袁紹兒子袁譚率兵來襲，孔融的部眾全部逃掉，他自己逃到山東，妻兒則被袁

譚俘擄。

獻帝遷都許昌後，孔融上奏獻帝，建議恢復舊制，確定帝京，劃出周圍千里的地域作為司隸所下轄的範圍，不以封建諸侯來增強漢室的實權，然而當時朝廷剛重新建立，曹操和袁紹的權勢未明朗，孔融的建議可說是沒有認清形勢，令曹操私心不悅。

孔融還未知好歹，不時頂撞曹操。例如反對恢復肉刑，嘲諷曹操實施禁酒令等，一再惹怒曹操。最後，曹操以孔融在對答孫權使者時有譭謗他的言語而將孔融處死，孔融的兩個孩子亦受株連，一同被殺。

■ 延伸閱讀

孔融是孔子的二十世孫，自少以聰明善辯而著名。長大後的孔融乃當世名士，博學多才，為世所重。孔融自少有盛名，或許受盛名之累，未免恃才傲物，狂狷而不識時務。但卻忠於漢王室，為人剛直，喜歡獎掖後進，不避權貴。《臨終詩》有「言多令事敗，器漏苦不密」之句，是否有檢討自己一生好辯之誤。子九歲，女六歲，兩人方弈棋，聽父被收而無任何舉動。左右的人問他們「父親被捉，為甚麼不躲避？」，回答說「巢既被毀，卵能不破嗎？」其後兩人終於都為曹操所殺。

孔融

有勇無謀

■ 釋　義　只有勇氣而沒有謀略。

【出處】「相攻擊連月，死者萬數」裴松之注引《獻帝起居注》：「近董公之強，明將軍目所見……呂布受恩而反圖之，斯須之間，頭縣竿端，此有勇而無謀也。」（陳壽《三國志・魏志・董卓傳》）

■ 近義詞　匹夫之勇
■ 反義詞　有勇有謀

■ 故事背景

呂布有勇無謀，反覆無常，唯利是圖，終被曹操所殺。

呂布為東漢末年的著名武將，驍勇善戰，最初是并州軍[1]首領丁原的部下和義子，後受董卓的唆擺，斬殺丁原後，投靠董卓，並認董卓為義父。雖然董卓用為心腹，然而董卓性情乖戾，曾向呂布氣惱擲戟，呂布亦曾私通董的婢女，心不自安。終在王允的煽動下，將董卓殺掉。呂布後來投靠袁紹，又因囂張跋扈惹怒袁紹而派人暗殺他，幸好呂布逃脫。

不久，呂布與張邈和曹操部將陳宮等人合謀，乘曹操征討陶謙時率軍攻入兗州，呂布

1　并州軍：并州主要是今日山西地區。并州因屬邊郡，近北方匈奴等少數民族，常有戰爭。所以并州多出「武勇之士」，而士兵亦勇敢善戰。東漢末丁原是并州軍的統帥，而呂布、張遼和張楊都是并州軍出身。

自任兗州牧。曹操領軍回來與呂布決戰，經過兩年的時間，曹操終於收復兗州全部城池。呂布投奔劉備，但又乘着劉備進攻袁術時襲取了下邳。劉備回來後無奈歸附呂布，呂布派劉備駐扎小沛，呂自稱為徐州刺史。

袁術欲利用與呂布結成姻親而攏絡結盟，沛國相陳珪擔心袁、呂結盟必會成為國家的禍患，於是挑撥兩人關係，呂布聽從陳珪之言與袁術斷交，改與曹操議和。

不料陳珪父子早有投靠曹操之意，因此陳珪兒子陳登拜見曹操時，即向曹操陳述呂布雖然驍勇善戰，但缺乏謀略，處事輕率，應當及早對付他。曹操亦同意應盡早除掉呂布，於是相約以陳登為內應。

另一邊廂，因呂布的反覆，袁術大怒，與韓暹和楊奉聯手，派大將張勳進攻呂布。

呂布

陳珪利用反間計，令韓暹和楊奉反過來攻擊袁軍，張勳大敗。

建安三年（公元 198 年），呂布又反過來支持袁術攻打劉備，劉備逃往投靠曹操。曹操親征呂布，兵臨下邳，呂布戰敗，向袁術求援，但袁術又沒

有派出援兵。呂布雖然英勇無比，但缺乏謀略而且性格多疑，導致眾叛親離，呂布最後唯有投降。呂布自薦可協助曹操帶領騎兵，以欲游說曹操放過他，向來愛才的曹操一度猶豫，此時劉備上前說：「明公（曹操）你沒有看見過呂布如何侍奉丁原和董卓嗎？」曹操一想到丁原和董卓的下場，點頭贊同劉備之言，於是命人勒死呂布。

■ 延伸閱讀

人稱「人中呂布，馬中赤兔」，可見呂布武藝高強與勇猛。但亦有人說「呂布是一匹狼」，野性未馴，好利忘義，好色善變，是三國一介有勇無謀的匹夫。雖曾是群雄之一，終難成大事的。由三國眾多武將命運可見，僅勇武不足成事，至少不能成大事。中國向來崇拜智勇雙全，崇敬儒將，道理就在此。

歷代例句

時虜逼近，遣成國公率五萬兵迎之，奈公有**勇無謀**，冒入鷂兒嶺，寇則兩翼夾攻，殺之殆盡。（明郎瑛《七修類稿・國事・土木之敗》）

世所謂**有勇無謀**者，虎是也。（清李漁《閒情偶寄・飲饌・肉食》）

求田問舍

■ 釋　義　謂只着眼於鑽營家產，而無遠大志向。

【出處】備曰：「君有國士之名，今天下大亂，帝主失所，望君憂國忘家，有救世之意；而君求田問舍，言無可采。」（陳壽《三國志‧魏志‧陳登傳》）

■ 近義詞　問舍求田

■ 反義詞　壯志凌雲

■ 故事背景

　　陳登不屑許汜缺乏大志，故而冷淡對待。

　　陳登，字元龍，是東漢末年徐州廣陵郡的名門望族，在郡內頗有威望，因助曹操牽制呂布有功，加官為伏波將軍，可惜僅得三十九歲便去世。

　　許汜和劉備於劉表處共事。有一天，三人一起煮酒論英雄，討論當今天下人物。

　　許汜說：「陳元龍是江湖中人，態度傲慢。」

　　劉備就問劉表：「許汜的話對嗎？」

　　劉表巧妙地回應：「如果我說不是，但許汜兄是個好人，說話不該有錯；如果我說對，陳登又的確是個名重天下的人啊！」

　　劉備回問許汜：「你說陳登傲慢，有例證嗎？」

　　許汜回答：「我到徐州下邳避難時，曾拜訪元龍，他沒有一點主人待客的態度，他對

我很冷淡，久久沒有理會我，自己躺在上邊的大牀上，只叫我躺在下邊的小牀。」

劉備聽罷便說：「如今天下大亂，天子難以執政，你是國士，人人都希望你憂國忘家，為國家、百姓作出貢獻，你卻只想為自己買田買屋，對國家沒有提出半點良謀，這是陳登所不喜的，你憑甚麼覺得他會和你交談呢？如果是我，恐怕我要躺在百尺樓上，讓你睡在地上呢！」

劉表聽了大笑。劉備繼續說：「元龍文武全才，膽略和志向，只有在古時賢人的身上才可找到，一般人根本難望其項背。」

■ 廷伸閱讀

陳登出於徐州士族世家，徐州牧陶謙生前，與劉備、孔融等都是其座上客。陶謙死，是陳登力勸和協助劉備接任徐州牧的。所以劉備知道陳登之為人甚深。兩人也惺惺相惜。陳登曾論天下人物，說：「雄姿傑出，有王霸之略，吾敬劉玄德〔劉備〕。」劉備對陳登也很推崇，說：「若文龍文武膽志，當求之古耳，造之難得比也。」劉備與陳登，都是有澄清天下之志的人物，自然看不起許汜一類只追求個人名利的人了。

求田此山下，終欲忤陳登。（宋王安石《游西霞庵約平甫至因寄》詩）

如今這些貪人，擁着嬌妻美妾，求田問舍，損人肥己。
（明凌濛初《初刻拍案惊奇》卷十八）

一事避君君匿笑，劉郎才氣亦求田。（清龔自珍《己亥雜詩》之二一五）

北方的士族一過江來，就紛紛求田問舍。亦省作「求田」。（近代郭沫若《中国史稿》第三編第八章第三節）

劉備

望梅止渴

■ 釋　義　喻願望無法實現，唯有以空想安慰
　　　　　　自己。

【出處】魏武行役失汲道，軍皆渴，乃令曰：「前有大梅林，
　　　　饒子，甘酸可以解渴。」士卒聞之，口皆出水，乘
　　　　此得及前源。（南朝宋劉義慶《世說新語·假譎》）

■ 近義詞　畫餅充飢

■ 故事背景

　　曹操征張繡時，士兵因口渴不想趕路，曹操假說前面有梅林，吸引士兵繼續前進。

　　建安三年（公元 198 年），劉備與曹操合力消滅呂布後，跟隨曹操回到許昌，曹操對劉備禮遇有加，出外時常同乘一輛車，就坐時也常同坐一席。有一日，曹操看到家中後園一棵青梅樹長滿梅子，突然有閒情逸致，邀請劉備過府欣賞青梅。兩人把酒言歡，一同品嚐美酒之餘，曹操還對劉備憶述去年一段往事。

　　曹操率兵征討張繡，由於天氣炎熱，路上缺水，士兵在途中因口渴而疲倦，不願趕路。曹操眼見士兵懶洋洋，自己雖然心急如焚，但也無可奈何。

　　他獨個兒走到山丘上，突然心生一計，胡亂以長鞭指着前面遙遠的地方，大聲叫道：「前面有大梅林，結了很多梅

子，梅子又大又酸酸甜甜，可以解渴。」士兵聽到後信以為真，都幻想着梅子的酸味，口水流了出來，感覺就沒有那麼口渴了。他們立即興奮地繼續前進，不久，終於找到水源，解決口渴的困境。

曹操

■ 延伸閱讀

　　由此亦可見，曹操有很豐富的知識和生活體驗，亦有善於解決問題的聰明才智。有廣博知識和生活體驗是很重要的。古語有云，一事不知，儒者所恥，意思也是強調擁有豐富知識和生活體驗的重要。人一生面對的種種問題，大部份是靠知識和體驗去解決的。當然有豐富的知識和生活體驗，也要具有善於解決問題的能力。

吳人多謂梅子為「曹公」，以其嘗望梅止渴也。（宋沈括
《夢溪筆談・譏謔》）

這廝他不知死飛蛾投火，你要我便是望梅止渴。（明賈
仲名《對玉梳》第二折）

卻那裏得這銀子來！只好望梅止渴，畫餅充飢。（明凌
濛初《初刻拍案驚奇》卷十五）

騙誰呀？你是在那裏望梅止渴！（近代茅盾《路》七）

身先士卒

■ 釋　義　作戰時將領衝在士兵的前面，奮勇殺敵。也用來形容主管能夠起帶頭作用。

【出處】〔(孫)策〕西襲〔廬江〕太守〔劉勳〕，〔輔〕隨從，身先士卒，有功。（陳壽《三國志·吳·孫輔傳》）

■ 近義詞　一馬當先、以身作則
■ 反義詞　瞠乎其後、裹足不前

■ 故事背景

孫輔跟隨孫策征戰多年，作戰時往往走在士兵的前面，勇敢殺敵。

建安二年（公元 197 年），孫策率兵討伐丹陽七縣，驅走袁術的從弟丹陽太守袁胤。孫策深知此事會惹怒袁術，命孫輔駐守歷陽阻擋袁術，並招募留下的百姓和重新結集失散的士兵。袁術對袁胤被驅走心感不悅，於是暗中派人往丹陽，煽動當地山賊陵陽祖郎等人圍攻孫策。孫輔跟隨着孫策進軍陵陽，生擒祖郎等人。

孫策當時正積極招攬有能之士，他對祖郎說：「你從前襲擊我，斬斷我的馬鞍，令我幾乎喪命，我現在要建功立業，正招攬有能之士，你我捨棄當日恩怨，過往的事就此作罷，你不要恐懼。」祖郎叩頭謝罪，孫策任祖郎為門下賊曹一職。

建安四年，孫策向西進

襲廬江太守劉勳，孫輔隨軍參戰，他身先士卒，勇敢地走在前面，親領士兵殺敵而立下戰功，孫策任命孫輔為廬陵太守，安撫平定所屬城鎮，又分別任命官員。不久，晉升孫輔為平南將軍、假節兼交州刺史。

後來，孫輔擔心孫權沒有能力守着江東，於是遣使與曹操暗中來往，此事被人告發，孫權將孫輔囚禁起來，孫輔數年後死去。其子孫都在吳國擔任官職。

孫策

■【孫氏世系圖】

孫氏家世系表

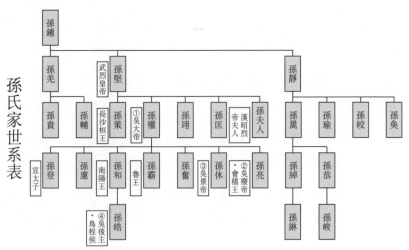

■ 延伸閱讀

孫輔是孫堅長兄孫羌的次子，是孫策堂兄。孫堅起義，時孫羌長子孫賁，棄地方小吏職，追隨孫堅征戰。孫堅死，孫賁投靠袁術，繼掌孫堅部份部曲。因與豫州刺史劉繇攻擊，得征江東的孫策協助而戰勝了劉繇。自此孫賁與弟孫輔追隨孫策征戰，打過不少勝仗，兄弟皆成為孫策手下重將。曹操為結好孫策，曾為子曹彰娶孫輔女為媳婦。孫策殞命，年十八歲的孫權繼位，孫策軍團各路人馬開始動搖，更有棄權而去的。近親中以孫輔離權最早也最具代表。後曹操南下破荊州，孫賁也曾動搖，後因朱治勸阻而罷。

孫吳軍團與曹操軍團，有一方面很相同，宗親一直是軍團的重要組成力量。

歷代例句

秋穀既登，胡馬已肥，前鋒諸軍並有至者，臣當首啟戎行，**身先士卒**。臣與二虜，勢不並立，聰、勒不梟，臣無歸志。（唐房玄齡《晉書》）

虜攻彭城南門並放火，暢躬自前戰，**身先士卒**。（宋李昉《太平御覽》）

嶽乃回與賊戰，**身先士卒**，急擊之，賊便退走。（宋李昉《太平御覽》）

身先士卒，殺羌兵千餘人，復還入城。（宋司馬光《資治通鑑—三國後》）

身先士卒，眾騰踴爭進，大破姚丕於渭橋。（宋司馬光《資治通鑑—三國後》）

沮渠蒙遜，胡夷之傑，內修政事，外禮英賢，攻戰之際，身先士卒，百姓懷之，樂為之用。（宋司馬光《資治通鑑—三國後》）

操嘗問諸子之志。彰曰：「好為將。」操問：「為將何如。」彰曰：「披堅執銳，臨難不顧，身先士卒；賞必行，罰必信。」（明羅貫中《三國演義》）

出言不遜

■ 釋　義　說話傲慢不客氣。

【出處】圖（郭圖）慚，又更譖郃（張郃）曰：「郃快軍敗，出言不遜。」郃懼，乃歸太祖。（陳壽《三國志·魏志·張郃傳》）

■ 近義詞　出言無狀
■ 反義詞　謙恭下士

■ 故事背景

張郃原效力袁紹，後被誣陷說話不恭敬，便棄袁紹歸順曹操。日後成為曹操手下名將。

東漢末年黃巾動亂，張郃響應朝廷招募，以軍司馬身份跟隨韓馥鎮壓叛亂。韓馥兵敗後，張郃帶兵歸順袁紹。袁紹任張郃為校尉，派他攻打公孫瓚，因立下不少戰功而升為寧國中郎將。

建安五年（公元 200 年），曹操與袁紹於官渡相持，袁紹派淳于瓊監送糧草，於烏巢駐紮。曹操親自率兵攻打淳于瓊，情況危急。張郃向袁紹說：「曹軍精銳，今次一定會攻陷烏巢，打敗淳于瓊，若淳于瓊戰敗，將軍你就會大勢失去，應趕緊派兵救援淳于瓊。」郭圖則建議應先攻曹操的大本營，到時曹操必定帶兵回去，這稱之為不救自解。張郃則說：「曹營堅固難攻，如

果淳于瓊等被抓住，我們也就成為俘擄了。」袁紹沒有聽從張郃的建議，只派輕裝騎兵往救淳于瓊，派重兵攻打曹操大營，結果曹營沒有攻下來，而曹操果然打敗淳于瓊，袁軍潰敗。郭圖卻誣陷張郃：「張郃對我軍兵敗感到高興，說話不恭敬。」張郃害怕被追究，於是投降給曹操。

對於張郃的歸降，曹操非常高興，任命他為偏將軍，並賜給他隨從。張郃開始跟隨曹操南征北戰，先後攻下鄴城，在渤海擊敗袁譚、圍攻雍奴、討伐柳城，與張遼出征東萊、討伐管承，又打敗馬超、韓遂和張魯等，戰功彪炳。

建安二十年，張郃與夏侯淵等人駐守漢中，抵禦劉備。劉備乘夜猛攻張郃，張郃率兵負隅頑抗，劉備未能攻克，改往走馬谷放火燒毀曹軍營寨。正當此時，曹軍剛失去統帥，

張郃

眾人擔心劉備乘虛而入而憂心忡忡。夏侯淵的部屬郭淮推舉張郃為主帥，眾人和議，張郃調兵遣將，指揮軍隊防守，軍心也就逐漸穩定下來。曹操派使臣授予張郃兵符，讓他指揮軍隊外，更親率兵來漢中。劉備據守高山堅守不戰。曹操無法，只好從漢中退兵，張郃在返回途中屯駐陳倉。

張郃是三國時期一位有勇有謀的將帥。諸葛亮第一次出祁山北伐，就因馬稷在街亭敗於張郃而前功盡廢。司馬懿與諸葛亮的對抗中，司馬懿不聽張郃的勸阻，命他追趕退兵的諸葛亮軍，被諸葛亮伏軍以弓弩射死。

■ 延伸閱讀

三國是一個戰爭的年代，英雄輩出，戰將如雲。戰將中，亦有不同的類型：張遼、趙雲、張郃、呂蒙等都屬智勇雙全的名將。張郃與袁紹手下大將文醜和顏良只是匹夫之勇不同，能戰而有謀。張郃在官渡決戰時投降了曹操，是關乎官渡之戰成敗的一大關鍵。

曾有學者以幾項原則去評核三國戰將的能力，張郃為前十五名之內的優秀戰將。軍事上固有不同類型的戰將，現代社會商戰中，亦有不同類型的主管，屬於優秀的，仍然是一些智勇兼備的主管。

歷代例句

鄰人與他爭論，他**出言不遜**，鄰人就把他毒打不休。(明凌濛初《初刻拍案驚奇》卷十四)

桓公大怒曰：「匹夫**出言不遜**！」喝令斬之。 (明余邵魚、馮夢龍《東周列國志》第十八回)

今日秀才歸來，面帶不悅，**出言不遜**，想必他心中有難解之處。 (近代川劇《評雪辨蹤》)

愚不可及

■ 釋　義　此成語有正反兩義。舊義原指大智若愚，非常人所能及。後來則指愚蠢無比。

【出處】智可及，愚不可及，雖顏子、甯武不能過也。（陳壽《三國志・魏志・荀攸傳》）

■ 近義詞　大智若愚
■ 反義詞　愚昧無知

■ 故事背景

荀攸跟隨曹操征戰多年，是曹操重要的謀士，運籌帷幄，曹操稱讚他大智若愚。

建安七年（公元 202 年），荀攸跟隨曹操到黎陽征討袁紹的兩個兒子袁譚、袁尚。翌年，曹操正要討伐劉表時，袁譚和袁尚爭奪冀州，袁譚派辛毗作代表向曹操歸降和要求援兵。曹操計劃答應袁譚的要求，召來下屬商議。眾人認為劉表勢力強大，應先平定劉表，袁譚、袁尚不值得擔憂。但荀攸力排眾議，他認為劉表無遠大志向，不足為懼。至於袁紹佔據四個州，擁兵十萬，袁紹深得部下擁戴，若袁氏兩兄弟聯手守着這基業，天下就難以安定；如果一方吞併另一方，一旦統一力量就難以對付，應趁他們內訌，勢力薄弱時謀取他們，才能平定天下，現在是機不可失。

曹操採納荀攸建議，答應

袁譚結親，回軍打敗袁尚。後來袁譚叛變，荀攸跟隨曹操斬殺了袁譚，平定冀州。曹操上表讚揚荀攸跟隨他征戰多年，先後能打敗敵人，都是荀攸的計謀，加封荀攸為陵樹亭侯。建安十二年，曹操大規模論功封賞，荀攸再度獲加賞，增加食邑外，並轉任為中軍師。魏國建立，荀攸被任命為尚書令。

荀攸為人老謀深算，心思縝密，自跟隨曹操以來，運籌帷幄，當時很少人知道荀攸說過些甚麼，但曹操常常稱讚他：「通達（荀攸）外表愚鈍內心有智慧，外表祛弱內心堅強，生性謙虛，從不誇耀、宣揚自己的功勞長處，他的聰明才智也許有人及得上，但他的外表愚鈍，就未必有人能及了。」曹丕為太子時，曹操稱讚荀攸是眾人的老師和表率，要曹丕以最高禮節尊重荀攸。

荀攸患病時，曹丕曾親往探望，並在床前跪拜，可見荀攸備受禮重。建安十九年，荀攸跟隨曹操征伐孫權，途中去世，曹操一提起他就傷心流淚。

荀攸

荀攸是曹操最重要的謀臣荀彧的小叔，年紀卻較荀彧少。荀家是東漢的高門大族，東漢三國魏晉，都屬名門，人才輩出。

歷代例句

子曰：「甯武子邦有道則知，邦無道則愚；其知可及也，其愚不可及也。」（春秋《論語‧公冶長》）

我們醉後常談些愚不可及的瘋話，連母親偶然聽到了也發笑。（近代魯迅《朝花夕拾‧范愛農》）

兵貴神速

■ 釋　義　指軍事行動貴在迅速，才能出其不意，攻其無備，取得勝利。

【出處】〔太祖〕將征〔袁尚〕及三郡〔烏丸〕。……〔嘉〕言曰：「兵貴神速。」（陳壽《三國志・魏・郭嘉傳》）

■ 近義詞　速戰速決、事不宜遲
■ 反義詞　坐失良機

■ 故事背景

　　郭嘉建議曹操派出輕騎，突襲烏丸。

　　郭嘉年輕時曾欲投靠袁紹，但眼見袁紹優柔寡斷，不懂用人之道，於是離袁紹而去，後荀彧將他推薦給曹操，郭嘉足智多謀，深得曹操重用。

　　建安五年（公元 200 年），郭嘉跟隨曹操攻打袁紹，雙方於官渡爭持（官渡之戰），曹軍焚毀袁軍糧草，令袁軍潰敗。不久，袁曹雙方再發生倉亭之戰，袁軍再次戰敗，袁紹元氣大傷。

　　建安七年，袁紹憂病去世。兩個兒子袁譚、袁尚兄弟相爭，袁譚被袁尚打敗，向曹操投降，但不久又叛變，結果被曹軍殺掉。袁尚輾轉逃到烏丸，曹操於是打算征伐袁尚和烏丸。當時眾多部下擔心劉表會乘機派劉備討伐曹操，郭嘉則力排眾議，認為劉表對劉備

041

有所顧忌，不會讓劉備作戰，故毋需顧慮。曹操於是帶領郭嘉等將領遠征烏丸。

曹軍到達易縣時郭嘉向曹操建議：「行軍之道講求行動迅速，才能攻其無備，取得勝利。我們攀山涉水千里行軍，輜重過多，行動緩慢，很難抓住有利時機，況且對方一旦發現，定必預先設防對抗。不若放下輜重，輕裝上陣，士兵分從各路加速前進，出奇不意地進行突襲。」曹操聽後，採用郭嘉的建議秘密通過盧龍塞，直搗烏丸單于駐地。胡人突然聽到曹軍殺到，驚惶失措，不敢應戰。曹軍大敗烏丸軍，斬殺烏丸多個部落首領，袁尚與兄長袁熙一同逃往遼東。最後，遼東公孫康殺掉袁尚和袁熙，並將兩人首級獻給曹操表態歸順。

郭嘉具謀略，通情達理，曹操曾說：「只有郭嘉能知道我的想法。」建安十二年，郭嘉病重，死時只有三十八歲，曹操親自前往吊喪，更悲從中來，說道：「我傷心啊奉孝（郭嘉，字奉孝）！悲痛啊奉孝！歡惜啊奉孝！」又曾在給荀彧的信中一再表示很掛念郭嘉，懷念郭嘉與他共患難，形容郭嘉足智多謀，是最懂他心思的人。

郭嘉

郭嘉在曹操麾下眾謀士中，份屬年青。初見論天下事後，曹操就說，「使孤成大事者，必此人！」在袁紹與曹操衝突白熱化的時候，郭嘉向曹操分析了曹袁兩人所具備的優劣，指出曹有十勝之利而袁紹則有十敗之弊。堅定了曹操抗衡袁紹的信心。趁袁紹征伐公孫瓚的機會，迅速征討呂布，再征伐劉備以除後患等等，都是出於郭嘉之謀。

以白為黑

■ 釋　義　比喻顛倒真偽，混淆是非。

【出處】昔〔直不疑〕無兄，世人謂之盜嫂；〔第五伯魚〕三
　　　　娶孤女，謂之撾婦翁；⋯⋯此皆以白為黑、欺天罔
　　　　君者也。（陳壽《三國志·魏·武帝紀》）

■ 近義詞　顛倒黑白
■ 反義詞　是非分明、黑白分明

■ 故事背景

曹操眼見社會風氣敗壞，人與人之間相互誹謗，決定整頓歪風。

建安七年（公元 202 年），袁紹死後，長子袁譚與幼子袁尚不和，袁譚依附曹操，敗走袁尚。袁尚逃到故安投靠二兄袁熙。不久，袁譚背叛曹操，曹操揮軍討伐袁譚。建安十年，曹軍擊敗袁軍，攻克鄴城，將袁譚斬首，冀州平定，曹操進駐冀州。

曹操頒布命令，容許曾和袁氏一同作惡的人可以改過自新，嚴禁百姓私下尋仇外，並禁止百姓辦理喪事時鋪張浪費。

曹操進駐鄴城時，眼見當地社會風氣敗壞，官民互相誹謗，於是下令整頓歪風。他頒布命令：「結黨營私，互相勾結，向來是古代聖賢所痛恨的事情。聽說冀州一帶的風俗，父與子各自建立宗派，相互誹

曹操雕像

謗。漢文帝時直不疑本來沒有兄長，卻被世人誣告他與嫂嫂通姦；漢光武帝時的第五伯魚娶了三個沒有父親的孤女做妻子，卻有人誣陷他毆打岳父；漢成帝的舅父王鳳專權，谷永卻將他與古代賢相申伯相提並論；漢成帝時的丞相王商忠正不阿，張匡卻誣揑他搞歪門邪道。這些都是顛倒黑白，欺騙上天、蒙蔽君主的事情，我將整治歪風，若不革除這些陋習，我必引以為恥。」

■ 延伸閱讀

中外古今，社會上顛倒黑白的情況很普遍，甚至偽飾成似是而非的理論。所以中國傳統的教育，重視培養明辨是非的能力。明辨是非，是一種能力，也是一種做人最基本的道德。我們常說常見的「人云亦云」，就是沒有明辨的能力。

三顧草廬

■ 釋　義　比喻對賢才的誠心邀請。

【出處】劉備往訪諸葛亮，凡三往，乃見。後諸葛亮上後主
　　　表云：「先帝不以臣卑鄙，猥自枉屈，三顧臣於草
　　　廬之中，諮臣以當世之事，由是感激，遂許先帝以
　　　驅馳。」（陳壽《三國志・蜀志・諸葛亮傳》）

■ 近義詞　禮賢下士
■ 反義詞　唯我獨尊

■ 故事背景

　　劉備三次拜訪諸葛亮，邀請得諸葛亮出山，助他復興漢室。

　　諸葛亮字孔明，於南陽自耕自食，常常用自己跟管仲、樂毅相比，當時的人都不以為然，只有崔州平、徐庶認為他的比法恰當。

　　建安十二年（公元 207年），劉備駐軍新野，徐庶往拜見劉備。劉備在徐庶的推薦下往訪諸葛亮，結果第三次拜訪才得以相見。

　　諸葛亮為劉備分析天下形勢，他認為曹操兵多勢強，不宜硬蹾；孫權佔江東天險之利，加上有賢人輔助，民心歸向，可以爭取他的支持；劉備可以先取荊州，再取益州，再謀復興漢室。（即《隆中對》）劉備聽後喝采叫好。

　　諸葛亮答應輔助劉備，兩人友情亦日益深厚，劉備更形容能得到孔明，就像魚得到水

一樣，互相契合。

■ 延伸閱讀

「三顧草廬」和「如魚得水」這兩個成語，講述的都是劉備禮賢下士，邀得諸葛亮出山相助的歷史故事。劉備三到隆中禮請諸葛亮，時年已四十七歲，而諸葛亮才二十七歲。當時的劉備雖然落泊，依託於荊州牧劉表。但劉備自黃巾起事開始，參與東漢末年群雄爭霸已二十年，實力雖然單薄，名聲卻不少。一時有實力的雄主，如陶謙、呂布、袁紹、曹操等都很看重劉備，視他為梟雄或英雄。而當時的諸葛亮，不僅年青，且無一官半職，只是隱居於荊州的地方名士。如諸葛亮自己說的，劉備竟「猥自枉屈」，可見劉備有過人禮賢下士的胸懷；草廬中的一席話，就洞悉了諸葛亮

三顧草廬

的才智和為人，也見劉備閱歷的深厚和識人之明。反過來，諸葛亮雖然只是耕讀於南陽隆中的地方年青名士，卻志大才高，抱負遠大。他具有的人脈關係，要出山出仕並不難，而他終選擇了落泊而寄人籬下、奮鬥了二十年而無所成的劉備，這種志氣和襟懷，也非比尋常。「三顧草廬」成了中國頌揚千古的一段佳話，造就了一段可歌可泣的歷史。

如魚得水

■ 釋　義　比喻得到很投契的人或置身很合適的環境。

【出處】孤之有〔孔明〕，猶魚之有水也。（陳壽《三國志·蜀·諸葛亮傳》）

■ 近義詞 如虎添翼

■ 反義詞 寸步難行

■ 故事背景

劉備三顧草廬邀得諸葛亮出山相助，令他如虎添翼。

建安十二年（公元 207 年），劉備領兵駐紮新野，徐庶往拜見劉備時，向他推薦諸葛亮，並形容諸葛亮就像一個躺着的龍那樣的人才，不過，若要請得諸葛亮出山，就要委屈劉備親往拜訪。

劉備便往拜訪諸葛亮，結果去了三次才得以相見。劉備摒退左右，向諸葛亮討教復興漢室的策略。諸葛亮分析當前形勢，認為曹操擁兵百萬，挾天子以令諸侯，不宜硬踫；孫權佔江東天險之利，加上有賢人輔助，民心歸向，只能爭取孫權的支持，不能謀取他；荊州北有漢水、沔水的險阻作為防綫，南可直達大海的廣闊土地和豐富資源，東面連接吳郡和會稽，西面貫通巴蜀，本是可以有作為的地方，然而這地方的主人劉表卻守不住它；

益州地勢險阻，州內沃野千里，天府之國，昔日漢高祖亦憑藉此地建立帝業。這裏人口眾多，民豐物阜，可惜劉璋懦弱，不懂珍惜，張魯又佔據益州北部。這裏的有才之士都希望有一個賢明君主，劉備既是漢室宗親，信用和道義都揚名全國，求才若渴，如果能佔據荊州和益州，守住各要塞，西與夷狄和睦共處，南則安撫少數民族，外與孫權聯盟交好，內則以德治人，待天下局勢有變時，就命令一名猛將率領荊州軍攻向宛城、洛陽，劉備則親自率領益州軍隊從秦川出兵，老百姓一定夾道歡迎，那麼自能成就霸業，復興漢室。劉備聽後大叫：「好！」

諸葛亮答應輔助劉備，兩人友情亦日益深厚，因而惹來關羽、張飛不高興，劉備對他們說：「孤得到孔明，猶如魚得到水一樣，互相契合，你們不要再說了。」關羽和張飛才不敢再有不滿。

■ 延伸閱讀

劉備之與諸葛亮能「如魚得水」的相得，除了在《隆中對》中，諸葛亮給劉備指出發展的大策略外。劉備與諸葛亮在奮鬥目標，治國安民的理念，為人處事的行為，都很相得，所以才能結下千古罕見君臣之間如魚得水、推心置腹的組合。袁準評劉備和諸葛亮兩

諸葛亮

人如魚水的關係，因為：「劉備足信，亮足重」的緣故。裴松之說：「觀亮君臣相遇，可謂希世一時，始終之分，誰能間之？」

歷代例句

{何力}入{延陀}如涸魚得水，其脫必遽。（宋歐陽修等《新唐書‧契苾何力傳》）

幸得先生，以為如魚得水，思欲席捲荊襄。（明羅貫中《三國演義》第四十三回）

平王曰：「卿久不蒞任，朕心懸懸。今見卿來如魚得水，卿何故出此言那？」（明馮夢龍《東周列國志》第五回）

次日，又來見寶玉。二人相會，如魚得水。（清曹雪芹《紅樓夢》第六十六回）

若使他回來了，我們就應該如魚得水，歡喜的了不得，那裏還有功夫在這裏納悶呢！（清嶺南羽衣女士《東歐女豪傑》第三回）

三國成語故事

初出茅廬

■ 故事背景

諸葛亮出山不久，即巧施妙計大敗曹軍，嶄露頭角，奠定他在蜀國的地位。

劉備請得諸葛亮出山相助，拜他為軍師，對他非常敬重。關羽和張飛對年紀輕輕的諸葛亮卻不以為然。

不久，曹操派夏侯惇、于禁和李典等將領率領十萬大軍攻打新野，劉備急忙找諸葛亮商討對策。諸葛亮說：「我指揮打仗是可以的，只怕眾將領不聽我的命令，願主公借我印劍。若有人不聽指揮，我可以用軍法處罰。」劉備隨即將印璽和佩劍交給諸葛亮。

諸葛亮隨即召集將領，命關羽帶領一千人馬在豫山埋伏，曹軍經過時先放過曹軍的先頭部隊。看到南面起火時就迅速出擊。張飛亦帶領一千兵馬在安林背後的山谷，看到南面起火時，就殺向博望坡，燒掉城內的糧草。關平和劉封

《中國古版畫》諸葛亮

帶領五百兵馬先準備好柴草，在博望坡後面等候，待曹軍一到，就放火燒柴草。諸葛亮又命趙雲當先鋒，與曹軍對陣時詐降，誘敵人追入博望坡。劉備則帶領兵馬作後援。

關羽和張飛看着這年輕小伙子指揮若定，自然滿不是味兒，但諸葛亮有劉備的印信和佩劍，兩人和眾將領唯有依計行事。

夏侯惇領大隊兵馬向博望坡進發，趙雲按諸葛亮的命令佯裝不敵，且戰且走，夏侯惇領兵追至博望坡，早已埋伏在博望坡的劉備出兵迎戰，夏侯惇不虞有詐，繼續追擊，于禁和李典緊緊跟隨着夏侯惇，不自覺追至一處道路狹窄的地方，兩邊長滿蘆葦，兩人心知不妙，連忙追上夏侯惇，提醒他路窄難行，四處蘆葦，要提防敵人火攻。

此時，夏侯惇才猛然發覺上當，即下令撤兵，說時遲那時快，只見兩邊蘆葦着火，背後喊聲震耳欲聾，曹軍奪路而逃，趙雲領兵殺回來，夏侯惇

已無心再戰，狼狽逃離。

　　李典眼見情勢不妙，急忙飛馬趕回博望城，但火光中被一支軍隊攔截，抬頭一看，領將正是關羽，兩軍一場混戰，李典終於逃離。至於于禁看到糧草被燒，就從小路逃跑。夏侯蘭和韓浩往救糧草，中途又遇上張飛，才戰了幾個回合，夏侯蘭被張飛一槍刺斃。韓浩奪路走脫。

　　一直殺到天亮才收兵，殺得屍橫遍野，血流成河，劉備大獲全勝。諸葛亮首次策劃抗曹即把曹軍殺個片甲不留，

關羽和張飛自此對諸葛亮心悅誠服。

■ 延伸閱讀

　　羅貫中的《三國演義》是中國四大小說之一，流行廣泛，影響深遠。內中故事多取材於正史陳壽的《三國志》和裴松之的注釋。總的來說，《三國演義》的故事情節，「七分真實，三分添造」。所以，不說一般讀者，連有些學者也混淆不清。

舌戰群儒

■ 釋　義　跟很多人辯論，並駁倒對方。

【出處】諸葛亮舌戰群儒　魯子敬力排眾議（明羅貫中《三國演義》第四十三回）

■ 反義詞　張口結舌、無言以對

■ 故事背景

諸葛亮代劉備游說孫權聯手對付曹操。

建安十三年（公元 208 年），荊州牧劉表病逝，魯肅建議孫權與劉備聯手抗曹，並自動請纓往荊州試探劉備意向。魯肅往荊州途中，劉表次子劉琮已向曹操投降，原本投靠劉表的劉備慌忙南逃。魯肅抄捷徑與劉備相見，道出來意，諸葛亮也認為劉備應與孫權合力對抗曹操。

諸葛亮跟隨魯肅往東吳，在等待孫權接見時，孫權二十多位文武官員，包括張昭、虞翻、步騭、薛綜、嚴竣和程德樞等因瞧不起劉備勢孤力弱而出言揶揄，諸葛亮一一應付過來甚至反唇相譏，令眾人語塞。幸好黃蓋和魯肅剛好出來請諸葛亮到中堂與孫權會面，才為一眾同僚解窘。

諸葛亮向孫權分析形勢時指出，孫權佔據江東，劉備在

漢水以南集結兵馬，本是一起與曹操爭奪天下，但曹操剿滅袁紹後，還攻破荊州，劉備才被迫南逃。諸葛亮說道：「將軍你應估量自己的實力和當前局勢，決定降曹抑或抗曹。若表面投降內心卻猶豫不決，反而會招惹大禍。」

孫權回應：「假如一如你所講，那麼劉備為何不投降曹操呢？」

諸葛亮答道：「劉備乃漢皇室宗親，英雄蓋世，人們都仰慕他，如果功業不成，這便是天意，又怎能當曹操的下屬呢？」

孫權大怒說：「我又豈能將整個吳地和十萬大軍任由別人擺佈，我心意已決，除了劉備，沒有人能對抗曹操。然而劉備剛敗給曹操，又如何能對抗強敵？」

諸葛亮說：「劉備雖在長坂坡戰敗，但將失散歸來的士卒和關羽的水軍加起來，也達一萬精兵，劉琦的將士也不下一萬。曹操的軍隊從遠處趕來，已漸露疲態，聽說曹軍追趕劉備時，輕騎日夜兼程也不過進軍三百多里，這正是所謂的『強弩之末，勢不能穿入魯縞』，這是兵家大忌，必定損兵折將。何況北方軍隊不善水戰，同時荊州百姓也不過是迫於形勢才不得不投降曹操。如果你現在能派出勇將統領兵馬數萬，與劉備合力，必能打敗曹操，曹軍一旦被打敗，定必撤回北方，這樣的話，荊州和東吳的實力便可增強，與中原鼎足而立。成敗關鍵，就在今日。」

孫權非常高興，即派周瑜、程普和魯肅等人率領水軍三萬人，跟隨諸葛亮到劉備那裏，合力對抗曹操。

建安十三年，曹操於赤壁戰敗，率軍北返，為三國鼎立

譜寫前奏。

■ 延伸閱讀

　　「舌戰群儒」雖然是歷史小說《三國演義》的「小說家言」的情節，但卻根據歷史上諸葛亮代表劉備，隨同魯肅到柴桑，游說孫權的歷史事實的。《三國演義》中，諸葛亮所游說的說詞，也基本依據《三國志‧諸葛亮傳》中的記載。諸葛亮游說孫權的對話，很值得細讀和忖摩。現代社會，外交不用說，社會上的大小交往，無不時要說服對方。如何說服人家，固然是口才，更重要說詞，要有節有理，能打動人心，語言又能不亢不卑。諸葛亮這篇游說，真屬箇中的典範。

孫權

手不釋卷

■ 釋　義　形容好學勤讀。

【出處】上雅好詩書文籍，雖在軍旅，手不釋卷。（上，指
　　　　{曹操}。）（陳壽《三國志・魏・文帝紀・評》注
　　　　引《典論・自敍》）

■ 近義詞　手不釋書
■ 反義詞　淺嘗輒止

■ 故事背景

　　曹丕講述自己年輕時練武習文，精通才藝的經過。並憶述父親曹操愛讀書的情況。

　　曹丕出生時，剛遇上董卓作亂，群雄割據，黃巾賊和山賊叛亂，父親曹操眼見天下大亂，所以曹丕五歲時便開始學習騎射，八歲時已懂得騎着馬射箭。曹操每次出征，他都跟隨左右，在軍旅中成長，養成他鍾愛騎馬射箭，而且箭無虛發，百發百中。他還記得十歲那年，父親南征荊州，曹軍被圍困，長兄曹昂、堂兄曹安民都被害，而他則騎馬逃脫。

　　曹丕還跟隨過許多老師習武，劍術、雙戟無不精通。他形容自己能將不同的舊劍法融匯貫通，變化多端，令對手難以捉摸。他年少時愛舞雙戟，舞動起來，就像有鐵甲掩護全身一樣。後來跟隨袁敏學習雙戟後，對這門兵器更舞得出神入化。這是曹丕當了皇帝之後

的追憶說話，顯然有些誇飾，正史也不見曹丕在武功上有甚麼的成就。

除習武外，曹丕自少就像父親一樣努力做學問工夫。他形容曹操喜歡讀詩書文籍，即使行軍打仗，也從來不會放下手上的書卷，他還引述曹操經常教導他們：「年少時如果好學就能思維專注，年紀大才學就容易忘記。年紀大而仍能勤奮學習，大概只有我（曹操）和袁伯業（袁遺）了。在父親影響下，他年少時也讀遍詩書經史，諸子百家的言論。

■ 延伸閱讀

有人評論曹丕天資聰敏，下筆成文，知識淵博，記憶力超群，多才多藝。說到讀書習文，不僅曹操自己手不釋卷，他的子孫大都好學。二子曹彰，好武而不大習文，就曾給曹操教訓過。

曹丕

知人之鑒

■ 釋　義　能夠看出人的品行才能的智慧。

【出處】潁川司馬徽清雅有知人之鑒。（陳壽《三國志・蜀志・龐統傳》）

■ 故事背景

司馬徽有善於鑒別人才的能力和個性，他曾形容龐統的才華，可與諸葛亮匹敵。

東漢末年隱士司馬徽，有「水鏡先生」之稱，被形容為有知人論世，鑒別人才的能力。龐統十八歲時，慕名拜訪司馬徽。當時，司馬徽正在樹上採桑，他便一邊採桑，一邊與坐在樹下的龐統交談，兩人從白天談到晚上。司馬徽對龐統的才智十分驚訝，形容龐統是南郡士人中最出色的一個，龐統的名聲便不逕而走。

後來，龐統被南郡太守周瑜任為功曹。周瑜死後，龐統跟隨劉備，最初因不大管理政事，一度被劉備責備和罷免。後來得到魯肅和諸葛亮的保薦，劉備再接見龐統，經深談後亦非常欣賞龐統的才華並開始委以重任，龐統成為劉備的重臣謀士。

龐統和諸葛亮，同是荊州名士，且屬好朋友。劉備投靠劉表，屯兵新野，慕司馬徽之名，曾邀他出山相助，司馬徽推辭卻推薦諸葛亮和龐統兩人給劉備。稱亮為「臥龍」，統是「鳳雛」。龐統雖年輕，也以善於「品評人物」而知名。龐統也不負劉備的信任，在入據蜀地和奪取劉璋的益州，貢獻很大。可惜在攻打成都時中箭殞命。

歷代例句

所舉薦杜如晦、房玄齡等，後皆自致公輔，論者稱構有**知人之鑒**。（唐李延壽《北史・高構傳》）

時稱勣有**知人之鑒**。（唐劉肅《大唐新語・知微》）

吳下阿蒙

■ 釋　義　比喻他人學識尚淺。

【出處】「遂拜蒙母，結友而別」南朝宋裴松之注：「肅（魯肅）拊蒙背曰：『吾謂大弟但有武略耳，至於今者，學識英博，非復吳下阿蒙。』蒙曰：『士別三日，即更刮目相待。大兄今論，何一稱穰侯乎！』」（陳壽《三國志・吳志・呂蒙傳》）

■ 故事背景

呂蒙好學，由一介武夫變為智勇雙全，受人敬佩的大將。

呂蒙家貧，自幼便跟隨姐夫鄧當生活。鄧當是孫策的部將，多次助孫策討伐山賊。有一次，鄧當帶軍剿匪，當時只有十五、六歲的呂蒙暗中跟隨。鄧當發現時大為吃驚，大聲喝止也阻不了他。回來後鄧當將此事告知呂蒙母親。呂蒙母親很是生氣，欲懲罰他。但呂蒙說：「貧賤的日子實在捱不下去了，若立下戰功，說不定可以脫離貧困的日子呢！何況不入虎穴，焉得虎子？」母親才饒恕他。

呂蒙年少，鄧當的部下都看不起他，並經常嘲笑他。呂蒙大怒，殺死了一個官吏後逃走，但不久通過校尉袁雄向上級自首。袁雄為他求情，孫策見到呂蒙後覺得他非等閒之輩，便把他留在身邊。後來跟

隨孫權、周瑜等南征北討，屢立戰功。不過，孫權身邊的大將如魯肅等都因呂蒙只是一介武夫而輕視他。

有一次，孫權對呂蒙和另一將領蔣欽說：「你們現在已是手握大權的人，必須要多學習，增長知識啊！」呂蒙最初推說軍中事務繁忙，難以騰出時間，但被孫權責備：「我也天天讀書學習，你的事務會比我多嗎？」孫權還教導呂蒙該讀甚麼書，讀書目的何在，並建議呂蒙盡快閱讀《孫子》、《六韜》、《左傳》、《國語》以及《三史》（《史記》、《漢書》和《東觀漢書》），呂蒙於是發奮讀書，見識漸廣。

周瑜死後，魯肅接替周瑜職務，路過呂蒙住處時順道探訪呂蒙，並談論當今局勢，呂蒙為魯肅分析形勢，見解精準，令魯肅大為驚訝，走到呂蒙身邊，拍着呂蒙背說：「我

呂蒙

以為你只在軍事上有謀略，現在的你，學識廣博，不再是以前吳郡那個小伙子呂蒙了。」呂蒙回應：「士別三日，自當另眼相看了。」魯肅隨即與呂蒙結成好友，並到後堂拜見呂蒙的母親才告別。

■ 延伸閱讀

呂蒙是歷史上讀書明理，因讀書而人生得以脫胎換骨的最佳事例。另一方面，孫權的鼓勵、勸導呂蒙讀書的用心，亦很難得。最緊要的，孫權不僅誘導呂蒙努力讀書，而且明確指出要他讀書的目的，以及該讀甚麼書？如何讀？孫權勸導呂蒙讀書，是指導人讀書的典範，也反映了孫權的識見。

刮目相待

■ 釋　義　謂另眼看待，用新眼光看人。

【出處】{(魯)肅}拊{蒙}背曰：「吾謂大弟但有武略耳。
　　　　至於今者，學識英博，非復{吳}下{阿蒙}。」{蒙}
　　　　曰：「士別三日，即更刮目相待。」(陳壽《三國志‧
　　　　吳‧呂蒙傳》注引《江表傳》)

■ 近義詞　另眼相看

■ 故事背景

　　呂蒙聽從孫權的鼓勵多讀史書和兵書，知識大增，終由一介武夫變成吳國重臣，並被譽為國士。

　　呂蒙家貧，十五、六歲便跟隨姐夫鄧當協助孫策討伐山賊。後來跟隨孫策、孫權、周瑜等南征北討，屢立戰功。不過，孫權身邊的大將如魯肅等都因呂蒙只是一介武夫，缺乏學識而輕視他。

　　呂蒙後來得蒙孫權的敦促鼓勵，發奮讀書，見識漸廣。

　　周瑜死後，魯肅接替周瑜職務，有人提醒魯肅呂蒙軍功顯赫，建議他拜訪呂蒙。有一日，魯肅路過呂蒙住處時順道進內探訪，並談論當今局勢，呂蒙為魯肅分析形勢，見解精準，令魯肅大為驚訝，原來從前的小伙子阿蒙已變成學識廣博，有謀略，見解精準的年輕人。呂蒙回應：「事隔一段時間，人有進步，自然要用新的

眼光看待吧。」魯肅隨即與呂蒙結成好友。（詳見上則「吳下阿蒙」）

隨後，魯肅去世，去世前魯肅推薦呂蒙接替他帶領軍隊。呂蒙在日後主持抗曹魏和劉蜀，多所部署。關羽的北伐曹魏，一時「威震華夏」，最後卻功敗垂成，而至敗亡殞命，就是出於呂蒙的策劃。

■ 延伸閱讀

三國時的呂蒙，是歷史上自學成才的一個典範人物。反過來，人們通常忽略了孫權作為勸讀的典範作用。孫權勸導呂蒙讀書，不僅循循善誘，用心良苦，更令人讚賞的，孫權能具體地指導呂蒙要他讀書的目的是甚麼？如何讀書？讀甚麼書？做到了因才施教，注重成效。日後呂蒙果然不負所望，由一介勇夫，而成國士。不能不說孫權所起的作用。作為一個領袖，孫權不僅懂得用人才，且悉心培養人才，是十分難能可貴的。歷史上凡是出色的領袖，最大的特點是注重人才，肯培養人才。

歷代例句

徐阮鄰師以名孝廉出宰秦中，大吏皆刮目相待。（亦作「刮目相見」、「刮目相看」。）（清陸以湉《冷廬雜識‧徐阮鄰師詩》）

士別三日，刮目相見，況時閱數載，諸君較昔當必為長足之進步矣。（近代蔡元培《就任北京大學校長之演說》）

只有航空救國較為別致，是應該刮目相看的。（近代魯迅
《偽自由書‧航空救國三願》）

櫛風沐雨

■ 釋　義　比喻不顧風雨，奔波勞苦。

【出處】今〔曹公〕（〔操〕）遭海內傾覆，宗廟焚滅，躬擐甲
胄，周旋征伐，櫛風沐雨，且三十年。（陳壽《三
國志·魏·董昭傳》注引《獻帝春秋》〔昭〕與〔荀
彧〕書）

■ 近義詞　風餐露宿
■ 反義詞　養尊處優

■ 故事背景

董昭認為曹操為漢室勞苦功高，應晉爵為國公。

董昭原為袁紹參軍，後成為曹操部下。建安四年（公元196年），曹操派劉備攻袁術，董昭等人認為曹操放虎歸山，劉備一定會作反。劉備叛變後被曹操擊敗，董昭調任為徐州牧。

次年，袁紹派將領顏良進攻東郡，董昭跟隨曹操征討顏良，曹操兵圍鄴城，董昭獲任命為魏郡太守。是時，魏郡太守為袁紹同族人袁春卿。曹操派人將袁春卿的父親從揚州接來，董昭則寫信給袁春卿，勸他歸順曹操，並侍奉父親，以不失忠誠和孝順。鄴城平定後，董昭被任命為諫議大夫。

袁紹兒子袁尚投靠烏丸蹋頓，曹操率軍征討，董昭開鑿河道運糧，為曹軍解決了運糧問題。其後曹操舉薦董昭為千秋亭侯，又轉為司空祭酒。

建安十七年，董昭等人認為丞相曹操應晉封為國公，並應享有九錫的最高榮譽。他向曹操建議應仿效古代制度，建置分封五等爵位，又認為曹操輔助漢室勞苦功高，無論威信德行，都遠勝古代賢臣如伊尹、周公等，實應得到晉封。他寫信給荀彧說道：「曹公為匡扶漢室，親自穿上鎧甲和頭盔，三十年來經常不顧風雨地辛苦奔波，四處征戰，剷除賊黨，為百姓除害，使漢室得以保存下來。」

之後，曹操便接受晉封為魏公、魏王，為日後建立魏國寫上伏筆。

■ 延伸閱讀

曹操的第一謀臣、為曹操立下汗馬功勞的荀彧，因抵制曹操晉封魏公、魏王，心底是抵制曹操篡漢的野心，而被曹操迫逼自殺而死。董昭對曹操的崛起，多所襄贊，曹操之晉封魏公、魏王，都出於董昭的首倡，領銜上書，所以官運一直扶搖直上。荀彧與董昭，都曾全力扶助曹操，目的不同。一忠於漢室，一順意曹操，兩人在歷史上也留下一清一濁之名。

放虎歸山

■ 釋　義　喻放任敵人坐大，後患無窮。

【出處】{劉璋} 遣 {法正} 迎 {劉備}，……既入，{(劉) 巴}
復諫曰：「若使 {備} 討 {張魯}，是放虎於山林也。」
（陳壽《三國志・蜀・劉巴傳》注引《零陵先賢傳》）

■ 反義詞　斬草除根

■ 故事背景

　　劉巴勸劉璋不要招引劉備入蜀，以勸阻漢中張魯，劉璋不聽，終於失去益州。

　　劉巴少有才名，荊州牧多次徵召他，他都沒有答應。劉表去世，曹操佔據荊州，劉備南逃時，許多士人都跟隨劉備，只有劉巴投奔曹操。

　　曹操派劉巴招降長沙、零陵、桂陽三郡，恰逢劉備攻佔了這三郡，劉巴無法向曹操交差，於是遠走交阯遊歷。因與交阯太守士燮不和而被拘留，並險些被殺掉。幸得一個主簿求情，並親自押送他到成都，去見益州牧劉璋，他才倖免於難。

　　劉巴的父親曾有恩於劉璋的父親劉焉，因此劉璋見到劉巴後大為驚喜，並重用他，每有大事，都會先問他的意見。然而，劉璋性格懦弱，昔日依附劉焉的張魯不聽劉璋的命令，劉璋派兵攻打張魯，戰敗

069

而還。不久，劉璋又聽到曹操將攻打益州，劉璋欲借劉備之力對抗曹操和張魯，但遭劉巴反對。劉巴說：「劉備是才能出眾的人，若給他率軍進入益州，必成禍害。」但劉璋沒有理會，派法正迎接劉備。劉備入益州後，劉巴又勸諫劉璋：「如果讓劉備討伐張魯，就相等於將老虎放回山上，後患無窮。」劉璋依然不聽劉巴的勸諫，劉巴一氣之下，假以生病為由閉門謝客。

一如劉巴所料，劉璋果然是引狼入室，劉備攻陷成都，奪取了益州。劉備下令任何人不得傷害劉巴。劉巴向劉備請罪，劉備沒有怪罪他，諸葛亮亦一再推薦他，劉備任劉巴為左將軍西曹掾。建安二十四年（公元 219 年），劉備稱漢中王，任命劉巴為尚書，後來又代替法正任尚書令。

劉巴雖然得到劉備重用，

劉備

但總覺得自己並非一開始便跟隨劉備，擔心受到猜疑，故此做事從不多言，而且只談公事，不與任何人交往。劉備稱帝後，所有昭告皇天后土神靈時的禱文和策書，均由劉巴撰寫。

■ 延伸閱讀

劉備和諸葛亮的不計前嫌，起用劉巴，當然是尊敬他的能力、人品和社會地位。劉

巴的勸阻劉璋，作為政治家的劉備和諸葛亮，自然很理解，這是一種盡忠職守品質。諸葛亮寫給劉巴仍然存世的兩封信，很有一讀的價值。一封信中說，「劉公〔劉備〕雄才蓋世，據有荊土，莫不歸德，天人去就，已可知矣。足下欲何之？」這封信諸葛亮是寫給劉巴的，追勸他返蜀的。另一封說，「張飛雖實武人，敬慕足下。主公今方收合文武，以定大事；足下雖天素高亮，宜少降意也。」信是勸導劉巴對張飛客氣點。事情是這樣的。張飛雖然是一武將，但是卻很尊重有學問的人。張飛尊敬有學問的劉巴，曾到劉巴處住宿請益。劉巴卻不跟張飛說話，相信是他看不起一介武夫的張飛，弄得張飛很氣憤和尷尬。兩信雖然簡短，卻反映了諸葛亮處事的周致和分寸的恰當。

很有意思的是，孫吳重臣張昭曾對孫權議論劉巴拒張飛此事，說劉巴氣度「褊阨，不當拒張飛太甚。」但孫權卻認為劉巴如果「隨世浮沉，容悅玄德，交非其人，合足稱為高士乎？」真是見人見智了。但比之諸葛亮為人處事的方正和周致，劉巴只能是自守的高士而已。

一身是膽

■ 釋　義　極言人的英勇無畏。

【出處】「以〔雲〕為翊軍將軍」注引《雲別傳》：「〔先主〕（〔劉備〕）明旦自來，至〔雲〕營圍視昨戰處，曰：「〔子龍〕一身都是膽也！」（陳壽《三國志·蜀·趙雲傳》）

■ 反義詞　膽小如鼠

■ 故事背景

趙雲奮不顧身營救部下，又智退曹軍，劉備形容他英勇無畏。

趙雲字子龍，原本是公孫瓚的部下，公孫瓚派劉備幫助田楷抵禦袁紹時，趙雲隨軍出發，自此便跟隨劉備，對劉備忠心不二。

建安十三年（公元 208年），荊州牧劉表去世，幼子劉琮繼位後向曹操投降。劉備帶着一批不肯投降、自願跟隨他的人南逃，曹操窮追猛打，在長坂坡附近追上劉備。劉備丟下妻兒，帶着數十輕騎向南逃去。有人向劉備中傷趙雲，說趙雲已投降曹操，劉備聞言大怒，將手戟擲向那人，並說道：「子龍不會離我而去的。」不久，趙雲抱着劉備的兒子劉禪（阿斗），保護着劉妻甘夫人回來。原來，趙雲單人匹馬在敵方的千軍萬馬中先救出甘夫人，再衝入敵陣，幾經艱險，

於一枯井邊找到劉備的另一妻子糜夫人，抱着劉禪的她已身受重傷。糜不想連累趙雲，囑咐趙雲要帶劉禪回到劉備身邊後，自己投井自盡。趙雲將劉禪藏在胸前，衝出敵陣，親自把劉禪交回給劉備（百萬軍中藏阿斗的故事）。

趙雲

建安二十三年，劉備攻漢中，黃忠斬斃曹將夏侯淵，曹操親自領軍爭奪漢中，曹軍運送糧食到北山下，黃忠與趙雲決定劫糧。黃忠帶着趙雲的軍隊前去劫糧，不料過了約定時間仍未回來，趙雲便帶領幾十名騎兵輕裝快馬衝出營地，尋找黃忠等人。途中遇上曹軍，趙雲與曹軍交戰，曹操大隊人馬殺到，敵眾我寡，情勢危急。趙雲且戰且退，衝出重圍，衝回自己營地。

這時又得悉部下張著受傷，於是趙雲再衝回敵陣營救張著。趙雲帶着張著返回營地，曹軍追至。趙營裏的張翼準備關上營門，抗拒曹軍。但趙雲下令大開所有營門，放下旌旗，並停止擂鼓。曹軍懷疑內有伏兵，便帶兵撤退。這時候趙雲突然下令擂動戰鼓，並在後面射擊曹軍。曹軍大驚，陣腳大亂，自相殘殺，多人墮入漢水而死。翌日，劉備到趙營探望，並視察昨日交戰的地方，他讚歎趙雲：「子龍真是英勇無畏啊！」其後奏樂飲宴。軍中稱趙雲為虎威將軍。

趙雲不顧安危，一再犯險

救出同僚外，還巧用空城計智退曹軍，其忠勇和才智備受後世讚賞。

■ 延伸閱讀

羅貫中《三國演義》中亦描述諸葛亮北伐，馬謖失守街亭後，諸葛亮撤軍回漢中，司馬懿欲乘勝追擊，諸葛亮命人收起旗幟，禁止百姓出入，打開四面城門，自己則坐在城樓上彈琴，同樣以一招空城計令司馬懿為防有詐而撤軍。這是羅貫中的一段移花接木的情節。

關於趙雲勇猛敢鬥的事跡，三國正史有不少的記載，《三國演義》特別描寫趙雲的勇猛善戰，也是有相當根據的。

三國成語故事

偃旗息鼓

■ 釋　義　收捲軍旗，停止擊鼓，使軍中肅靜無聲。引伸為不動聲色之意。

【出處】更大開門，偃旗息鼓，公（{曹操}）軍疑 {雲} 有伏兵，引去。（陳壽《三國志・蜀・趙雲傳》引 {雲}《別傳》）

■ 近義詞　偃旗臥鼓
■ 反義詞　大張旗鼓

■ 故事背景

趙雲巧施空城計，智退曹軍。

劉備平定益州後，欲將城內的房屋和城外的田地分賞給眾將領，遭趙雲勸阻，認為國賊未平，將士不可以追求安樂，應待天下太平，將士才返回故鄉種田，方才合適。益州的房屋和田地應歸還當地百姓，讓他們安居樂業，生活恢復正常，才可以對他們徵稅和徭役，這樣才贏得百姓歡心。劉備聽從了趙雲的意見。

建安二十三年（公元 218年），劉備攻漢中，黃忠斬斃曹將夏侯淵，曹操親領軍爭奪漢中，曹軍運送糧食經過北山，黃忠與趙雲決定劫糧。黃忠帶着趙雲的軍隊前去劫糧，不料過了約定時間仍未回來，趙雲便帶領幾十名騎兵輕裝快馬衝出營地，尋找黃忠等人。途中遇上曹軍，趙雲與曹軍交戰，曹操大隊人馬殺到，敵眾

趙雲

亂，自相殘殺，多人墮入漢水而死。

翌日，劉備到趙營探望，並視察昨日交戰的地方，他讚歎趙雲一身是膽。其後奏樂飲宴。軍中稱趙雲為虎威將軍。

■ 延伸閱讀

趙雲在三國歷史人物中，是一個罕見的勇、智、忠、仁兼備的將軍。在《三國演義》中，編派為蜀漢五虎將之一。但在正史上，趙雲的軍職一直低於關羽、張飛、馬超和黃忠。史著的記載，劉備和諸葛亮都很重視趙雲。所以讀史者總有為趙雲抱屈的情緒。羅貫中在演義中，份外揚溢趙雲，或者也是為趙雲抱不平。看來趙雲是不計較名利的人，難道又是君子可以欺其方的原因。趙雲在日本和韓國的讀者中，也一直是最受喜愛的人物。

我寡，情勢危急。趙雲且戰且退，衝出重圍，衝回自己營地。

趙雲回營後，驚聞部下張著受傷，仍被曹軍包圍，於是趙雲再衝回敵陣營救張著。趙雲帶着張著返回營地，曹軍追至。趙營裏的張翼本想關上營門，抗拒曹軍。但趙雲下令打開所有營門，放下旌旗，並停止播鼓。曹軍懷疑內有伏兵，便帶兵撤退。這時候趙雲突然下令播動戰鼓，並在後面射擊曹軍。曹軍大驚，陣腳大

尋章摘句

■ 釋　義　意指只懂得搜尋、摘取文章的片斷
　　　　　　詞句。引喻忽略文中的大義。

【出處】「屈身於陛下，是其略也」{南朝}{宋}{裴松之}
注引《吳書》：{(趙)諮}曰：「{吳王}……博覽書
傳歷史，藉採奇異，不效諸生尋章摘句而已。」
{諮}，{吳}使者；{吳王}，{孫權}。（陳壽《三國
志‧吳‧孫權傳》）

■ 近義詞　餖飣考證
■ 反義詞　囫圇吞棗

■ 故事背景

　　趙咨奉孫權之命出使魏國，趙咨向曹丕形容孫權是有雄才大略的大王。

　　建安二十五年（公元 220年）春天，曹操逝世，曹丕繼位為丞相和魏王。同年冬天，曹丕篡漢稱帝，即位為魏文帝。翌年，劉備也在蜀地稱帝，還出兵伐吳，孫權派趙咨出使魏國求援。

　　曹丕接見趙咨時問道：

「吳王孫權是個怎樣的人？他是個有讀書，有學問的人嗎？」曹丕說話輕蔑，趙咨心生氣憤，但既不能開罪曹丕，又不能有失孫權尊嚴，於是回應曹丕，稱許孫權是個聰明仁智、雄才大略的君主，忙完國家大事後，只要一有空閒，就博覽群書，借此搜集奇謀妙策，不像那些只追求美麗詞藻、片言隻字的書獃子。曹丕想趙咨說得具體一點，趙咨回答：「從普通階層中起用魯

肅，是他的聰明；在一般兵卒中提拔呂蒙，是他的明智；俘獲于禁卻沒有殺掉，是他的仁慈；攻取荊州而兵不血刃是他的智慧；佔據三州虎視四方是他的雄才；而屈身向你稱臣證明他懂得策略。」曹丕又問：「可以征伐吳國嗎？」趙咨又答道：「大國有百萬雄師，小國也有抵禦敵人的勇將。」聽到趙咨的雄辯，曹丕為之驚訝，又問趙咨：「吳國有多少像先生你這樣有才能的人？」趙咨回應：「聰明而又才能突出的，不下八、九十人，像我這樣的，簡直多得可用車載，用斗量，多不勝數。」趙咨的能言善辯，曹丕也為之嘆服。後來，趙咨一再出使魏國，連魏國人也非常敬重他。

孫權

■ 延伸閱讀

　　三國重要的歷史人物，都喜歡讀書。這是東漢建國以來營造出一個「讀書社會」的風氣很有關係。這種風氣到了戰亂頻仍的漢末三國時期，也沒有改變。很多三國人物都喜歡做學問談讀書。曹操就一再說到他喜歡讀書。但從事事功的人，讀書的方法和目的，就跟書生不同。趙咨在曹丕面前說孫權喜歡讀書，並善於讀書，說的是實話。孫權說自己自主持吳國政事以來，「省三史、諸家兵書，自以為大有所益。」他勸導呂蒙多讀書求

學問，是為「自開益」，不是叫他「治經為博士[1]」，強調讀書做學問，為了做人做事有所得益。

歷代例句

尋章摘句老雕蟲，曉月當簾掛玉弓。（唐李賀《歌詩編》—《南園》詩之六）

1　博士：「博士」之稱，開始於西漢武帝時所設的「五經博士」，指專治某儒家經典而以之教授太學生的老師。

忍辱負重

■ 釋　義　謂能容忍恥辱、勞怨，承擔重任。

【出處】國家所以屈諸君使相承望者，以僕有尺寸可稱，能忍辱負重故也。（陳壽《三國志・吳・陸遜傳》）

■ 反義詞　一走了之、揀輕怕重

■ 故事背景

陸遜以過人的謀略，在夷陵之戰擊敗劉備。

黃初二年（公元 221 年），劉備以為關羽報仇為由，率領大軍伐吳。孫權派出陸遜為大都督率軍應戰，並派孫桓率軍到夷道抵擋蜀軍。

劉備大軍勢如破竹，孫桓在夷道被蜀軍包圍，向陸遜求救。眾將亦要求陸遜派出援兵，為陸遜拒絕。他胸有成竹地說道：「孫將軍深得將士愛戴，夷道城池堅固，糧食充足，不必擔憂。只要我們這裏得勝，孫將軍那邊就能夠解圍。」

當時，陸遜所帶領的將領中有的是孫策時的舊部下，一些是皇親國戚，他們各有所恃，對於陸遜這位年輕的都督，自然有所不服。一時間眾人議論紛紛，陸遜按着孫權給他的佩劍說：「劉備聞名天下，曹操尚且忌他三分，如今

陸遜

強敵壓境，各位將軍深受國
恩，應和睦相處，同心抗敵。
我雖一介書生，承蒙主上委我
重任，委屈各位接受我的調遣
的原因，是因為我還有一點可
取的地方，就是能夠忍受屈
辱，承擔重責。」他更提醒各
人軍令如山，不得違犯，要記
得做好本份。眾將唯有噤聲。

結果，陸遜的連串戰略果
然奏效，擊潰蜀軍，孫桓亦得
以解圍，眾將才佩服陸遜。後
來，孫桓見到陸遜時說：「先
前我確實惱恨你不肯救我，如
今大局已定，我才知道你調動
有方。」

及後孫權得悉此事時問
陸遜：「為甚麼不向我報告發
生這件事呢？」陸遜回答道：
「微臣受主上大恩，所接受的
任務超過了自己的才能，這些
將領有些極得主上信任，有
的是忠臣良將，都是國家的功
臣，也是主上賴以共謀大業的
人，臣雖愚鈍，但一直都敬服
藺相如、寇恂寧願委屈自己也
要禮讓他人的品德，以共謀國
事。」孫權聽後稱讚陸遜做得
好，加任陸遜為輔國將軍，兼
荊州牧，並改封為江陵侯。

■ 延伸閱讀

「忍辱負重」有兩層意思。
一是能忍辱，才能負重，雖有
才幹和能力，如果行事任氣使
性，必不能負重致遠。二是負

重，是責任所在，為了責任，就要忍辱，即使委屈自己，也不去計較。「忍辱負重」，看似容易，實質很難，非有大智大勇，胸襟廣闊，眼光遠大者，難以做到。

　　孫權本身，就是一個能「忍辱負重」的人物。所以陳壽評論孫權一生，說過：「孫權屈身忍辱，任才尚計，有勾踐之奇英，人之傑矣！」孫權之勝過父孫堅和兄孫策，做出一番事業，也在於能「忍辱負重」。

三國成語故事

集思廣益

■ 釋 義 集合眾人的心思，和採納各種有利國家的意見。

【出處】〔(諸葛) 亮〕後為丞相，教與羣下曰：「夫參署者，集眾思，廣忠益也。」(陳壽《三國志·蜀·董和傳》)

■ 近義詞 積思廣益
■ 反義詞 獨斷獨行

■ 故事背景

諸葛亮虛心聽取他人的意見，還教誨下屬多聽不同的聲音，廣納各種忠實的意見，才有機會將失誤減至最低。

建安十九年（公元 214年），劉備入主蜀地，以諸葛亮為軍師將軍、董和為掌軍中郎將。兩人共事七年，在公在私都合作無間，關係融洽。諸葛亮非常敬重董和為官清廉，勤懇負責，生活儉樸。建安

二十六年，董和逝世，同年，劉備稱帝，建立蜀國，改元章武，任諸葛亮為丞相。

諸葛亮拜相後仍經常聆聽他人意見，他還教導部下：「處理國家事務，必須要多聆聽不同人的意見，集合眾人的智慧，採納有用的意見。若因小事而互相猜忌，不肯提出自己的意見，就會對工作有影響。」他還以董和等忠臣為榜樣告誡下屬：「董幼宰（董和）在朝中任職七年，遇上事情有

臥龍崗碑文

不周詳之處，會不惜往返十次也來提出意見和建議。」他又說：「過去我初認識崔州平時，常會聽到他對我的得失作出評論；與徐元直（徐庶）交往時，常會得到他的啟發和教誨；與董和共事，他總會言無不盡，後來與胡濟共事，他又一再給我進言勸諫。我雖然性格淺薄固執，未必能夠完全採納他們的意見，但與他們始終相知相交，足以證明他們從不懷疑直言敢諫對我的幫助。」

■ 延伸閱讀

「集思廣益」雖為千古不易的道理，也常為人們掛在口邊的口頭禪，但是能踐行的，尤其作為上級，真不多見，反見獨裁獨斷者居多。聰明才智有如諸葛亮，生前猶一再褒揚

董和對他的諫益。另稱府令史　　見諸葛亮一直很用心聽取屬下
董厥，是「良士也」。因為諸葛　　意見。
亮「每與之言，慎思宜適」。可

歷代例句

集思廣益真宰相，開誠布公肝膽傾。（宋許月卿《先天集》—
《次韻陳肇芳竿贈李相士》詩）

先朝一政一令必**集思廣益**，孰復而後行之，其審重蓋
若此。（宋魏了翁《跋晏元獻公帖》）

名不虛傳

■ 釋　義　指名望和實際相符。

【出處】帝大笑，顧左右曰：「名不虛立」。（陳壽《三國志‧徐邈傳》）

■ 近義詞　名不虛立、名副其實
■ 反義詞　名不副實

■ 故事背景

　　徐邈雖然喜歡喝酒，但為官清廉，深得魏文帝信任，百姓愛戴。

　　曹魏初期，徐邈任尚書郎。當時法令禁止喝酒，但徐邈經常私自飲酒，還飲至酩酊大醉。有一次，校事趙達向徐邈詢問公事，徐邈回說：「我醉了。」趙達將這話向曹操稟報，曹操大怒，欲懲罰徐邈，幸得度遼將軍鮮于輔代為求情，曹操才沒有處罰他。他先後被調派到隴西、南安任太守。

　　魏文帝曹丕即位，徐邈歷任譙相，平陽、安平太守，潁川典農中郎將，所在之處都得到百姓愛戴，文帝賜他為關內侯。有一次，文帝巡視許昌，問徐邈說：「還有喝醉酒嗎？」徐邈答道：「昔日子反（春秋時期楚穆王兒子）在谷陽喝醉，星夜逃走；御叔（春秋時期陳國陳宣公孫子）因飲酒而被罰

重賦，微臣的嗜好與他們兩位相同，我仍時常飲酒，卻能常常因此而得到賞識。」文帝聽後大笑，向身邊的人講：「果然和傳說中的他一樣。」調任徐邈為撫軍大將軍軍師。

明帝在位期間，任命徐邈為涼州刺史。他初到職即平定南安叛亂。內務方面利用儲藏敵人的糧食和廣開水田供貧民租種，解決當地因少雨而糧食不足問題；統一保管民間私藏的武器；他宣揚仁義，建學校，禁止過度豐厚的祭祀和葬禮，儆惡揚善，為冤獄翻案。並支取涼州部分軍費來交換金帛犬馬，供朝廷使用。對外則與西域外族修好，令外族前來進貢，幾年下來，百姓安居，社會秩序井然。

■ 延伸閱讀

人有長短，重要是大瑜小瑕。人人都是常人，自然各有缺點。善用人者，最重要分得清瑜瑕，不拘於小節。如蜀國的龐統和蔣琬，也有相同的遭遇。龐統曾以從事守耒陽令，疏理政事，為劉備免官，後得諸葛亮向劉備進言，說龐統是大才。劉見統大談國事，大為器重。蔣琬任廣都長「眾事不理，時又沉醉，先主〔劉備〕將加罪戮。」得諸葛亮進言，說蔣琬是「社稷之才」，才不罪琬。龐統和蔣琬是先後建蜀的重要人物。這都是識人和懂用人的好例子。

瑜又引幹到帳後一望，糧草堆積如山。瑜曰：「吾之糧草，頗足備否？」幹曰：「兵精糧足，名不虛傳。」(明羅貫中《三國演義》)

統笑曰：「丞相用兵如此，名不虛傳！」因指江南而言曰：「周郎！周郎！剋期必亡！」(明羅貫中《三國演義》)

「老將黃忠，名不虛傳：鬥一百合，全無破綻。來日必用拖刀計，背砍贏之。」(明羅貫中《三國演義》)

玄德歎曰：「人言『錦馬超』，名不虛傳！」張飛便要下關。(明羅貫中《三國演義》)

言過其實

■ 釋　義　指言語浮誇，超過實際。

【出處】{先主}臨薨謂{亮}曰：「{馬謖}言過其實，不可大用，君其察之！」（陳壽《三國志・蜀・馬良傳》）

■ 近義詞　誇大其辭
■ 反義詞　恰如其份

■ 故事背景

劉備認為馬謖能力有限，不可大用。

襄陽人馬良共有五兄弟，都因才華出眾而聞名天下。他和弟弟馬謖同時效力劉備。馬良更與諸葛亮結拜為兄弟，感情要好。

劉備曾派馬良出使東吳，協調兩國關係，及至劉備稱帝，欲討伐東吳時，又派馬良到武陵安撫五溪[1]的少數民族，結果這些少數民族都歸順蜀國。然而，劉備在夷陵戰敗，馬良亦陣亡。

馬良的弟弟馬謖也才智過人，尤善於軍事謀略，不過劉備對馬謖的印象則只屬一般，劉備臨終前更對諸葛亮

1　五溪：今湖南懷化市，古稱「五溪之地」。因懷化境內有酉水、辰水、漵水、舞水、渠水，故有「五溪」之稱。自東漢以來，將分佈於今湘西、黔、渝、鄂三省交界的沅水上游的少數民族稱為「五溪蠻」。

說：「馬謖的言論浮誇，其實能力有限，不能重用，你要多加留意！」

諸葛亮卻不以為然，認為馬謖是有能力的人，於是任命馬謖為參軍，經常與馬謖談論國家大事至通宵達旦。建興三年（公元 225 年），諸葛亮南征，馬謖就曾指出，南中叛軍自恃地形險要和路途遙遠，以武力降服他們並非長久之計，他們很快又會伺機再反，應以心理戰降服南中。諸葛亮採納馬謖提議，以心理策略七縱七擒其中一個部落首領孟獲，結果令孟獲心悅誠服。

建興六年，諸葛亮進軍祁山，大家都說應由久經沙場的老將魏延、吳壹等擔任先鋒，但諸葛亮力排眾議，提拔馬謖為前鋒。馬謖與魏將張郃在街亭交戰，馬謖戰敗，諸葛亮失去進軍據地，唯有退回漢中，馬謖下獄，不久被判斬首。馬

馬謖

謖死後，諸葛亮痛哭，並親自祭祀馬謖，軍中十萬人亦傷心落淚。諸葛亮亦以出師失敗自貶三級。

蔣琬後來到了漢中，對諸葛亮說：「天下未定便斬殺有智謀的人，難道不可惜嗎？」諸葛亮則認為，必須軍紀嚴明，才是行軍致勝之策。

■ 延伸閱讀

諸葛亮一生行事，最為人議論和惋惜的，是用馬謖作先

鋒守街亭，致使第一次的北伐功敗垂成，以及事後的「揮淚斬馬謖」。從不同角度去議論，都有其理由，是很難有一致的結論。有一點沒錯的，劉備是一個講求實戰經驗的人，短於謀略，馬謖其實屬謀略性的人，在劉備眼中，馬謖的議論風生，不合他的脾胃，見諸葛亮重視馬謖，予以提醒，實屬合理。而諸葛亮本身是謀略家，重視謀略和策劃，對馬謖自然重視。可惜棋差一著，安排尚未有實戰經驗的馬謖，去對付既有謀略又有實戰經驗的曹魏名將張郃。加上馬謖又違背了諸葛亮的佈署。軍令如山，後來追究責任，諸葛亮揮淚，馬謖死而不怨，蔣琬等眾官將的惋惜，都是人世間一幕可歌可泣的悲劇。

歷代例句

及{宋玉}之徒，淫文放發，**言過於實**。〔南朝梁蕭統《文選》{晉}{皇甫士安}（{謐}）《三都賦序》〕

七縱七擒

■ 釋 義　比喻善於運用策略，使對方心服。

【出處】「亮率眾南征，其秋悉平」裴松之注引《漢晉春
秋》：「亮至南中，所在戰捷。聞孟獲者，為夷、漢
所服，募生致之。既得，使觀於營陳之間，問曰：
『此軍何如？』獲對曰：『向者不知虛實』故敗。今
蒙賜觀看營陳，若秖如此，即定易勝耳。』亮笑，
縱使更戰，七縱七擒，而亮猶遣獲。獲止不去，
曰：『公，天威也，南人不復反矣。』」(陳壽《三國
志‧蜀志‧諸葛亮傳》)

■ 故事背景

　　諸葛亮智鬥孟獲，令孟獲
心悅誠服，歸降蜀國。

　　建興三年（公元 225 年），
諸葛亮率軍南征，馬謖隨行，
途中向諸葛亮進言，指出南
方叛軍自恃地形險要和遠離
中原，時生叛亂，若以武力征
服，他們這邊廂投降，那邊廂
又伺機作亂，丞相對付南方叛
軍宜採取心理戰，令他們心悅
誠服為上策。諸葛亮到南中
後，聽說有一個部落首領孟獲
深受百姓信服，便想向他招
降。諸葛亮第一次俘獲孟獲
後，帶他參觀蜀軍陣營，並問
他：「你覺得這軍隊怎麼樣？」
孟獲滿懷自信地說：「以前不
知道你的虛實，所以戰敗。現
在有幸看到你的軍隊陣營，
若果真如是，要勝過你簡直易

如反掌。」諸葛亮笑起來，並放他回去重整軍隊再戰。孟獲再來挑戰，再被生擒，諸葛亮又放他回去。如此捉完又放，放完又捉，到了第七次，孟獲依然被擒，諸葛亮打算再放他回去，孟獲這次不走了，願意歸降，他說：「你是天上派來的雄師，我們南方人不再反叛了。」

諸葛亮智擒孟獲後，揮軍直搗滇池。

諸葛亮繼續以馬謖的建議來征服南方，他平定南方地區後，都用回當地首領率領軍隊鎮守南方，有人曾勸諸葛亮應留下自己的將領率兵鎮守，諸葛亮不以為然，他道出三大困難：「如果留下外人，就要留軍駐守，但那裏去找軍糧給他們呢？少數民族剛被打敗，死傷人多，有的是父死兄喪，難免惱恨，若只留外人做守將卻沒有士兵駐守，必成禍患；

另外，這些少數民族犯下了廢除和斬殺當地官員的罪名，難免害怕過失會被追究，由外人監控他們，難以獲得他們信任。現在我不費一兵一卒，不用運來軍糧，便可穩定這裏的局勢，夷人（即當地少數民族）和漢人便可相安無事了。」

這一年的秋天，南方的叛亂全部平定，而諸葛亮有生之年，南方都沒有再作亂。

■ 延伸閱讀

在《諸葛亮集》有「南征教」一則。載「用兵之道，攻心為上，攻城為下；心戰為上，兵戰為下。」諸葛亮是深曉心戰的軍事家。在《三國志・蜀志・馬謖傳》謂此係馬謖勸諸葛亮語。相信是英雄所見略同。

眾君子備詳前志，多綜流略，必有善師善戰之術，七縱七擒之方。（唐沈亞之《省試策三道‧第二問》）

授桴作氣，有七縱之能；孤劍無前，當萬人之敵。（唐張說《唐故廣州都督甄公碑》）

藏拙無三窟，談禪劇七擒。史容注：「談禪問答之間，譬若孔明之於孟獲七縱七擒也。」（宋黃庭堅《次韻吉老十小詩》之四）

六韜三略曾聞，七縱七擒曾習。（明施耐庵《水滸傳》第一一八回）

待彼三戰三北餘，試我七縱七擒計。（清黃遵憲《度遼將軍歌》）

妄自菲薄

■ 釋　義　看輕自己，自暴自棄。

【出處】出師表：「誠宜開張聖聽，以光先帝遺德，恢弘志
士之氣，不宜妄自菲薄，引喻失義，以塞忠諫之路
也。」（陳壽《三國志·蜀·諸葛亮傳》）

■ 近義詞　自輕自賤
■ 反義詞　妄自尊大

■ 故事背景

諸葛亮誠心勸勉後主劉禪，要廣開言路、賞罰分明，親近賢臣，疏遠奸佞小人，完成劉備統一大業的遺願。

章武三年（公元 223 年），劉備崩逝，諸葛亮輔助後主劉禪。建興三年（公元 225 年），諸葛亮率軍平定南方叛亂，兩年後決定北伐中原，出發前給劉禪上奏疏，大意是：

先帝劉備統一大業的宏願未完成已不幸駕崩，如今天下三分，益州疲乏，正處於生死存亡的危急關頭，不過朝廷內的官員不敢懈怠，戰場上的將士也奮勇抗敵，這是因為他們追念先帝的知遇之恩，想要報答給陛下。陛下應該廣開言路，聽取意見，發揚先帝遺留下來的美德，振奮士氣，不應隨便看輕自己，放縱失察，以致堵塞了忠臣勸諫之路。

皇宮和丞相府是一個整體，提拔、懲處、表揚和批評

四川成都武侯祠

（照片來源：CK&Mayching）

都應賞罰一致。如有作奸犯科或忠心善良的人，宜交有司決定懲罰或獎賞，以示陛下賞罰嚴明的治國之道。

陛下應親近賢臣，疏遠小人。侍中、侍郎郭攸之、費禕、董允，都是先帝劉備特地選拔出來輔助陛下的賢臣，所以宮中事情不論大小，都可以先諮詢他們，然後實行，這樣一定能彌補疏漏缺失。他們也有責任處理國家政務，進獻忠言。將軍向寵善良公正，精通軍事，所以軍中事情宜跟他商討，一定能團結軍心。陛下能多親近、信任他們，興復漢室定必指日可待。

至於討伐曹賊，希望陛下將這責任交給我，若討賊失敗，就請陛下治我以罪，以告慰先帝在天之靈。

不過，陛下也應自行好好考慮，聆聽治國之道，採納正確的言論，以符合先帝臨終時的教誨。

微臣深受皇恩，難掩激

動之情，離別在即，看着表章難忍淚水，也不知道說甚麼才好。

諸葛亮隨即領軍出征，在沔水北岸駐紮。

■ 延伸閱讀

諸葛亮的《出師表》，是一篇傳誦千古的至文。這篇文章曾在日本被選作中學漢文教科書中的課文。日本當時流行一種說法，謂讀《出師表》而不泣淚者，非忠臣也。《出師表》不僅對蜀國危急存亡的內外形勢和環境，深思熟慮，即針對蜀主劉禪說的話，諸葛亮對劉禪的個性和能力是有深刻的瞭解的。就「妄自菲薄」的諫勉，從日後劉禪的表現看來，諸葛亮是洞悉的。

歷代例句

卿居后父之重，不應妄自菲薄，以虧時遇，宜依褚公故事，但令在貴權於事不事耳。可暫臨此任，以紓國姻之重。（唐房玄齡《資治通鑑－三國後》）

唇齒相依

■ 釋　義　比喻關係密切，互相依靠。

【出處】王師屢征而未有所克者，蓋以吳蜀唇齒相依，憑阻山水，有難拔之勢故也。（陳壽《三國志·魏志·鮑勳傳》）

■ 近義詞　共為唇齒、唇亡齒寒
■ 反義詞　你死我活、勢不兩立

■ 故事背景

鮑勳認為吳、蜀兩國關係密切，又有天險，勸曹丕不要進攻吳國。

鮑勳為官清廉，節操高尚，深得同僚和百姓擁戴，不過，他的耿直卻一再觸怒曹丕。建安二十二年（公元 217 年），曹丕妻子郭夫人的弟弟因偷竊官布被揭發，按例應處死。曹丕幾次為小舅求情不果，懷恨在心，借故罷免鮑勳，過了很久才再任他為侍御史。

延康元年（公元 220 年），曹操去世，曹丕繼任為魏王，同年稱帝，鮑勳常常上表勸諫曹丕重視軍事和農業，以寬厚仁慈對待百姓，押後興建宮殿庭園，都令曹丕不悅。曹丕守孝期間出宮狩獵，鮑勳以有違居喪之禮而勸阻，曹丕怒上心頭，回宮後即貶鮑勳為右中郎將。

黃初四年（公元 223 年），

尚書令陳群、僕射司馬懿一同舉薦鮑勳為御史中丞，曹丕無奈應允。黃初六年，曹丕打算攻打吳國，召群臣一同商議，但鮑勳當面進諫：「朝廷大軍多次征吳都無功而還，大概是因為吳、蜀兩國的關係密切，猶如唇齒般互相依靠，地理上又重重天險，不易擊破，而且路途遙遠，難以攻克，絕對不可攻伐。」曹丕大怒，將他降職為治書執法。

及後曹丕從壽春回來，駐紮在陳留郡，太守孫邕拜見曹丕，當時因營壘仍未建成，只建了營標，孫邕從側路過而沒有走大路，軍營令史劉曜欲舉報，但鮑勳以營壘還未建成而阻止。大軍返回洛陽，劉曜犯罪，鮑勳上奏要求廢黜劉曜，劉曜則秘密告發孫邕的事，曹丕於是下詔將鮑勳捉拿交廷尉處置，廷尉判鮑勳苦役五年，經三官覆審後改判罰金二斤，曹丕大怒，要判鮑勳死刑，並下令三官以下所有包庇鮑勳的都一起治罪。即使多位重臣為鮑勳求情都堅持不聽，最終將鮑勳殺掉。

■ 延伸閱讀

曹操最初的起兵，乃得鮑勳父親鮑信的大力幫助。鮑信並因救助曹操而戰死。從鮑勳的言行看，他也是忠心於曹魏的，卻因直諫而為曹丕所殺。鮑家父子都為曹家父子而死。但由眾多的行為所見，曹丕是一個私心自用，胸襟狹猛，相當涼薄的人。鮑勳或個性過於鯁直，或稍過信鮑家與曹家的關係，因此殞命，不無略欠知人之明了。

和顏悅色

■ 釋　義　臉色和藹可親。

【出處】「和顏色」注引 {徐眾} 評：「{雍} 不以 {呂壹} 見
　毀之故，而和顏悅色，誠長者矣。」(陳壽《三國
　志・吳・顧雍傳》)

■ 近義詞 和藹可親
■ 反義詞 疾言厲色

■【故事背景】

　　吳國丞相顧雍律己甚嚴，是一位氣度寬宏的謙謙君子。

　　顧雍為吳國吳郡人，二十歲時已獲舉薦為合肥縣縣長，後曾在多個郡縣任官，都有政績，數年間已升至左司馬。孫權稱帝，任顧雍為大理奉常，領尚書令，封陽遂侯。

　　顧雍不飲酒，沉默寡言，舉止優雅，孫權常嘆道：「顧雍不愛說話，但一說話就言必到題。」每逢飲宴暢樂，只要顧雍在，大家都不敢縱情放肆。孫權的侄女嫁給顧雍的外甥，酒筵間顧雍的孫兒顧譚與孫權[1]興奮得跳起舞來，還跳得

1　任性的孫權：孫權十五歲已任陽羨長。常從兄孫策出征。性格宏朗，好俠養士。十九歲兄孫策殞命，孫權主政孫吳，而成為三國鼎立之主，被視為三國時代的少年英雄。但總是襲父兄之蔭恩，有公子哥兒氣，又承傳父兄好冒險和急躁的個性。所以孫權一生行事，頗為任性。權自少精於騎射，終其一生，好勇逞強：喜歡冒險佃獵搏虎；在大風大浪中遊戲；嗜酒戲謔，作長夜飲。行為屢為大臣所憂慮。

忘形不知停止，顧雍大為不悅，翌日召來顧譚斥責，罵他尊卑不分，忘掉臣子之禮，將來有辱顧家名聲，必定是他。

黃武四年（公元 225 年），顧雍改為太常，進封醴陵侯，代孫邵為丞相，擔任尚書工作，他所選用的文武官員都各司其職，盡忠職守。顧雍經常微服出巡，收集民間意見，有用的意見就秘密上報，若被採用，就將功勞給孫權，若沒有採納，就不會宣揚出去。孫權非常尊重他，每有國家要事，都會徵詢顧雍的意見。

呂壹、秦博出任中書，主管審核地方官府和州郡上報的文書。呂壹等逐漸作威作福，苛征納稅，動輒就檢舉他人，誣蔑大臣，顧雍等人也曾受累。後來呂壹等惡行敗露，被收押在廷尉府中，顧雍負責審理。顧雍雖曾被呂壹陷害，但沒有懷恨在心，反而態度溫

顧雍

和友善地問呂壹有沒有申辯理由。臨走時又對呂壹說：「你還有甚麼想說的嗎？」呂壹只是叩頭不語。當時尚書郎懷敘當面辱罵呂壹，顧雍批評懷敘說：「官府有明確法令，何必如此呢？」

■ 延伸閱讀

顧雍出身名門望族，是吳郡四大家族之一。顧雍曾就蔡邕學琴，極為蔡邕讚賞。顧

101

雍的立身處世，道德風度，是東漢名門望族優秀子弟的表表者。為吳相十九年，與吳主的相與，作為臣屬，真做到了不亢不卑，盡忠職守，清節自持的地步。如細心閱讀，則在今天，仍可作為做人做事的教本。他對待待罪在身的呂壹的態度，是方正氣度的自然表現而已。

閉門思過

■ 釋 義 有過失自作反省。亦作「閉門思
過」、「閉門思愆」。

【出處】自謂能少敦厲薄俗，帥之以義，今既不能，表退職
使閉門思愆。（陳壽《三國志・蜀・來敏傳》注引
《諸葛亮集》）

■ 近義詞 反躬自省
■ 反義詞 不思悔改

■ 故事背景

　　來敏因輕狂自大被諸葛亮撤職，讓他留在家裏自我反省。

　　來敏為東漢名將來歙的後裔，東漢末年天下大亂，來敏跟隨姐姐避難到荊州，由於姐夫黃琬是劉璋的親戚，令來敏有機會成為劉璋的座上客。來敏博覽群書，知識廣博。

　　劉備平定益州後，來敏便開始跟隨劉備、劉禪。諸葛亮進駐成都時，調任來敏為軍師祭酒、輔軍將軍，後來敏因犯事而被免職。諸葛亮解釋來敏性格狂妄，曾說出悖逆之言，不滿新人奪走他的官位俸祿，埋怨新人怨恨他。諸葛亮說：「昔日剛平定成都時，已曾有參與朝政的人批評來敏蠱惑百姓，先帝劉備礙於局勢剛平定，所以包容了他。不過，先帝也曾不滿劉巴選拔來敏任太子（劉禪）的總管。到陛下即位為帝後，我亦一時糊塗而提

拔了他，有負參加朝政的人的意見，也違背了先帝對來敏的抗拒。只因我希望以誠心誠意來磨礪去掉他的惡習，用仁義來表率他，但現在看來，已不管用了。因此，我上表請求陛下將他撤職，讓他留在家中閉門反省自己的過失。」

諸葛亮去世後，來敏一度回到成都任官，但又被免官。之後亦曾多次再獲錄用，又一再被罷官，都是因為他口不擇言，舉止有違常規所致。

■ 延伸閱讀

在三國人物中，像來敏這樣雖然博學有才，但是卻恃才傲物，態度狂狷，口不擇言的人物不少。或者說，不僅三國時期，世間亦多有這種德不配才的文人。

--- 歷代例句 ---

閉門思過謝來客，知恩省分寬離憂。（宋徐鉉《徐公文集》三《亞元舍人不替深知猥貽佳作三篇清絕不敢輕酬因為長歌……》詩）

憂心如搗

■ 釋　義　憂愁得像有東西在搗心一樣。形容十分焦急。語本《詩・小雅・小弁》：「我心憂傷，惄焉如搗。」

【出處】臣曾不能吐奇舉善，上以光贊洪化，下以輸展萬一，憂心如搗，假寐忘寢。（陳壽《三國志・吳志・周魴傳》）

■ 近義詞　憂心忡忡
■ 反義詞　無憂無慮

■ 故事背景

吳國周魴成功誘騙曹休，令魏軍大敗。

周魴自幼好學，被舉為孝廉，任寧國縣長。不久便因屢次討賊有功而逐步升至昭義校尉。

太和二年（公元 228 年），朝廷欲周魴在郡內找尋魏國認識的山賊頭目，以誘騙魏國大司馬揚州牧曹休，但周魴擔心這些小頭目難擔大事，萬一事情敗露，便不能誘曹休前來。他奏請朝廷派自己的親信送信箋誘騙曹休。

周魴共寫了七封信給曹休，內容大致是受到朝廷責難，恐怕即將大難臨頭，自己多年來都仰慕曹休的威名，希望曹休能收容他。他並計劃以鄱陽郡歸降北方，請求曹休派兵接應。

周魴並密函上呈孫權，解釋自己誘騙曹休的計劃。他在密奏說：「現在北方為賊寇威

脅，微臣卻苦無良策，對上光大輔助宏大的教化，對下獻出點點功績，因此令微臣憂心如被捶擊，夜不能眠。臣實在愧負皇恩。如今朝廷欲利用郡內山賊的頭目誘敵，微臣再三思量，擔心這些人不可信，不如讓臣親自誘騙曹休，計劃可能更穩妥，也可以讓臣有機會報答朝廷的恩典。他並向孫權呈上給曹休的書信草稿，道出自己的計劃。

孫權批覆周魴可依計行事。周魴當初提出這密計時，孫權不斷派郎官來詢問有關細節，周魴就借勢到州府門外剪下頭髮表示認罪，曹休聽說這消息後，果然信以為真，統十萬步兵、騎兵和大量輜重，直至皖縣。不料周魴已集合兵馬，跟隨陸遜截擊曹休，結果曹軍大敗，被斬殺、俘擄的人數以萬計。

■ 延伸閱讀

三國時期，不僅有明槍明刀的戰鬥，也有很多「苦肉計」、「反間計」等不同形式的謀略。周魴的兒子是晉朝很有名的周處，因少年時「縱情肆慾，周曲患之。」後來周處知道為大眾所憎惡，便「改勵之志」，為民在南山射殺猛獸，長橋下搏殺水蛟，除二害。自己則改過立新，是除三害。周處自此「勵志好學」。在孫吳和晉，曾擔任要職，忠勇果勁，在關中英勇殉職。著有《默語》、《風土記》等。

得不償失

■ 釋　義　所得不足以補償所失。

【出處】{(孫)權}遂征{夷州},得不補失。(陳壽《三國志‧吳‧陸遜傳》)

■ 近義詞　得不補失、因小失大
■ 反義詞　一本萬利

■ 故事背景

孫權不理會陸遜的勸告,一意孤行征伐夷州,結果得不償失。

黃龍元年(公元 229 年),陸遜被任命為上大將軍,掌管荊州及豫章三郡政務。他雖然領兵在外,但時刻不忘朝廷大事,孫權每有重要事情,亦會諮詢陸遜意見。

孫權計劃派軍奪取夷州和珠崖[1],向陸遜徵詢意見。陸遜上書勸阻,認為國家局勢仍未安定,應集中民力,先處理當前急務。他說:「國家連年征戰,人丁有所損失,陛下也為此事憂慮至廢寢忘餐。現在要遠征夷州,我反覆思量,看不出有何好處。勞師動眾地到萬里之外來奪取疆土,風險極大,勝負屬未知之數,但士兵

1　夷州和珠崖:州,一作洲,指台灣;珠崖,指海南島。另孫權派兵浮海,還有亶洲。對於亶洲是哪?說法不一,當是琉球群島(今沖繩)。

水土不服，必然生病。讓士兵千山萬水的深入不毛，以為想得到好處，隨時損失更多。珠崖地勢險峻，當地人民像野獸般未有開化，即使得到他們也不能幫助我們成就大事，沒有那裏的兵，也不會削弱我們的兵力。

江東現有的人力，已有能力圖謀大事，只待養精蓄銳便可行動。過去桓王（孫策）創基立業時，兵員不足五百，就開創了大業。如今陛下承蒙上天授命，平定江南，臣聽說治亂世伐叛逆，必須憑借兵力之威，農桑衣食則是百姓的本份，然而戰爭未停，百姓還在捱飢受寒。臣認為，應好好培養士兵百姓，寬減賦稅，使他們同心協力，用道義鼓勵他們勇敢為國，那麼，統一黃河、渭水一帶，指日可待。孫權沒有聽從陸遜之言，發兵征討夷州，結果得到的好處不足以補

孫權

償損失。

後來遼東公孫淵背棄盟約，孫權欲親自領兵攻伐，陸遜又上疏勸阻，孫權今次終於採納了他的意見。

■ 延伸閱讀

陸遜字伯言，出身於吳郡四大家族的陸氏。孫權之能與曹操和劉備鼎足，並建立起吳國，是經過三場生死存亡的大戰役。周瑜和魯肅等主持的

陸遜

瑜、魯肅、呂蒙之後，成孫吳軍事的主帥，功勞顯赫。

陸遜先後以軍都督、上大將軍、丞相等職位，總攬朝政，勛勞巨大，也深得孫權信賴。但自太子登和魯王兩宮之爭，陸遜維護太子登，漸失孫權寵任。孫權也因年邁昏瞶，為人所讒，「屢遣中使責備遜。」遜憤恚而卒。

吳郡陸氏一門俊傑，代出名流。陸遜族兄是陸績，子陸抗，孫陸機和陸雲。

「赤壁之戰」，呂蒙與陸遜主持的「荊州之戰」，陸遜主持的「夷陵之戰」。陸遜亦是繼周

歷代例句

故得不酬失，功不半勞。（南朝宋范曄《後漢書》八八《西羌傳‧論》）

感時嗟事變，所得不償失。（宋蘇軾《東坡詩》十六《和子由除日見寄》）

昔人謂看{孫過庭}《書譜》，如食多骨魚，得不償失，以草書難讀故也。（明徐樹丕《識小錄》一《孫過庭》）

應權變通

■ 釋　義　順應機宜，採取變通的措施。

【出處】「詔策亮曰」裴松之注引晉習鑿齒《漢晉春秋》：「昔孝文卑辭匈奴，先帝優與吳盟，皆應權通變，弘思遠益，非匹夫之為忿者也。」(陳壽《三國志·蜀志·諸葛亮傳》)

■ 近義詞　隨機應變

■ 故事背景

孫權稱帝，蜀國群臣欲與吳國斷交，諸葛亮反對。

建興七年（公元 229 年），孫權稱帝，蜀國群臣認為孫權稱帝是名不正言不順，蜀漢應彰顯正義，與吳國斷絕來往。諸葛亮反對。他認為，孫權有僭越篡逆之心，已非一朝一夕的事，漢朝天子任由他放肆，就是要利用他來制衡北方的曹魏。如果現在蜀吳斷交，吳國人勢必更加憎恨蜀國人，這樣的話，蜀國必須興兵伐吳，吞併吳國，才能北伐曹魏。然而孫權有許多有才能的人輔助，文臣武將相處和睦，蜀國不可能在短期內可以平定孫吳。兩軍對壘，反而會使北方的曹魏陰謀得逞，這絕不是上策。

諸葛亮說：「當年漢孝文帝對匈奴言詞卑屈，先帝（劉備）當日與吳國結盟，都是順勢而行的變通方法，我們應深思熟慮，不能衝動，呈匹夫之

勇啊！」

諸葛亮並指出，如今蜀國和魏、吳兩國是鼎足而三的局勢，東吳以長江為天險自衛，孫權不能越過長江，就像北方魏賊不能渡過漢水一樣，除非本方有充裕實力，否則就不會輕言越過這些天險以取得利益。蜀吳兩國交惡，若蜀國討伐曹魏，東吳隨時會乘勢分一杯羹，以分割曹魏領地為長遠之計，也有可能驅掠曹魏百姓，拓寬領土，在國內顯揚軍威，東吳絕不會坐以待斃。如果遷就東吳而不讓他們動用武力，並與蜀國和睦相處，則蜀國北伐時，才無後顧之憂，不用擔心東吳乘機攻擊我們，令我們腹背受敵。

經諸葛亮分析形勢後，蜀吳斷交之事於是暫且擱置，諸葛亮並派遣衛尉陳震出使東吳，慶賀孫權稱帝。

■ 延伸閱讀

高士司馬徽對向求才若渴的劉備，推薦了「臥龍」諸葛亮和「鳳雛」龐統，並說了一番針對時下所謂人才的話。他說：「儒生俗士，豈識時務，識時務者在乎俊傑。」司馬徽也好，諸葛亮也好，龐統也好，都是飽學深思之士，是一種追求學為時用的人才。司馬徽將儒士與俗士同列，可見他對自命不凡，不識時變，偏執固蔽的腐儒的態度。對這腐儒俗士，古代有稱之為鄉愿，近人梁啟超說過「一為文人則不可觀矣」，意思也是如此。我們再印證歷史上的諸葛亮和龐統，他們的行事和為人，都很有原則，但不固執偏蔽，會審時度世，善於權變。

若應權通變，以寧靜聖朝，雖赴水火，所不得辭。（明
羅貫中《三國演義》第七十三回）

白屋之士

■ 釋　義　指貧寒的士人。

【出處】內不恃親戚之寵，外不驕白屋之士。（陳壽《三國志‧魏志‧曹真傳》）

■ 故事背景

魏明帝追思曹真，讚揚他不會傲慢輕視貧寒的人。

曹真是曹操的同族侄子，其父親曹邵在曹操起兵時曾協助操招募士兵，被州郡所殺。曹操憐憫曹真自幼便成孤兒，便收養他並當作親兒子般看待，與曹丕住在一起。

曹真跟隨太祖曹操和文帝曹丕征戰多年，屢立軍功。黃初七年（公元 226 年），曹丕卧病在牀，曹真、陳群和司馬懿在牀前接受遺詔輔助朝政。曹叡即位為明帝，晉封曹真為邵陵侯，升為大將軍。

曹叡登位初期，諸葛亮兩度圍攻岐山，都被曹真截擊，蜀軍無功而還，朝廷給曹真增加封邑。太和四年（公元 230 年）曹真進京，升為大司馬，明帝賞他佩劍穿鞋進入宮殿，朝見天子時毋需小步快走。曹真建議主動反攻蜀國，兵分幾路夾攻，必能大獲全勝。明帝

聽從建議，曹真從長安領軍出發時，明帝親自送行。司馬懿亦沿漢水而上，兩路兵馬約定在南鄭會師，其他軍隊分別由斜谷道和武威進入。可惜碰上大雨連下三十多天，有些棧道被沖斷，明帝下詔曹真撤軍。

曹真在戰場上勇猛殺敵，在戰場外則是一位仁義君子。他年輕時，與同族人曹遵、同鄉朱贊一起追隨曹操，曹遵和朱贊都死得早，曹真痛失好友之餘，特地請求明帝准許他將部分封邑分給曹遵和朱贊的兒子。明帝特頒下詔書讚揚曹真的仁義作風外，並准許曹真分出封邑給曹遵和朱贊的兒子各一百戶。此外，曹真每次出征時，總是與將士同甘共苦，軍中賞賜不夠，他就取出自己的家財分發，因此士卒們都樂意為他賣力。後來曹真病倒回到洛陽，明帝亦親自探望他。

曹真去世後，兒子曹爽繼

曹真

承爵位。明帝追念曹真的功績，下詔說：「大司馬忠誠節義，輔助兩代先祖，對內不仗恃得到皇帝的恩寵，對外不會輕視慢待貧寒之士，堪稱是處於富貴而不驕矜，勤勞謙恭的仁德君子，現在全部封賞他的五個兒子羲、訓、則、彥、皚為列侯。」當年文帝賞予曹真的二百戶封邑，封曹真的弟弟曹彬為列侯。

曹操初起兵，以至建立魏國，武裝的核心人物一直是曹氏和夏侯氏宗族子弟。曹氏子弟中，數曹真最為忠勇和有品格，深受曹操、曹丕和曹叡三帝所器重。魏文帝曹丕寢疾，曹真與陳群、司馬懿受遺詔輔政。曹真死，子曹爽繼嗣，明帝對他「寵待有加」，身居要職。到魏明帝寢疾，詔爽入臥內，拜大將軍，假節鉞，都督中外諸軍事，與太尉司馬懿受詔輔助少主，權傾朝野。但是曹爽卻是曹魏政權衰落的關鍵人物。曹爽是典型「富二代」，能力、經歷、品格已遠遜其父，在與深謀遠慮的司馬懿父子的政治鬥爭中，根本不會是對手，而送了魏政權的。

歷代例句

周公執贄下白屋之士。（漢王充《論衡・語增》）

輕失富貴而重朋友之責，自屈達尊而伸白屋之士。（宋陸游《祭劉樞密文》）

是所工也多，故傳書甚少；其轉徙也艱，故受毀甚易；其為費也不資，故白屋之士不能得書者甚眾。（近代嚴復《論八股存亡之關係》）

七步成詩

■ 釋　義　形容人才思敏捷。

【出處】又曰：「七步成章，吾猶以為遲。汝能應聲而作詩一首否？」（明羅貫中《三國演義》第七十九回）

■ 近義詞　七步成章

■ 故事背景

曹植才思敏捷，通過曹丕要他七步成詩考驗外，其中一句「相煎何太急」批評曹丕手足相殘，令曹丕為之羞愧。

曹植是曹操第四子，十多歲時已能背誦講解《詩經》、《論語》和辭賦數十萬字。他出口成章，下筆成文，深得曹操疼愛，還曾欲立他為太子。可惜曹植做事率性而為，好飲酒，加上結朋黨，為曹操所顧慮，曹操最終立曹丕為太子。

曹丕向來嫉妒曹植的才華，更懷恨曹植與他爭世子之位。登帝位後隨即誅殺曹植的黨羽丁儀、丁廙和他們家中的男丁。曹植和諸侯都回到自己的封邑，實同軟禁。其後曹丕一再暗中指使朝臣藉故彈劾曹植，曹植數度被貶或遷徙封地，令他鬱鬱寡歡。

曹丕有一次特意刁難曹植，要他以兄弟為題材，在七步的時間內作詩，他應聲而吟

曹植

誦出諷刺骨肉相殘的七步詩：
「煮豆持作羹，漉菽以為汁；
萁在釜下燃，豆在釜中泣；本
自同根生，相煎何太急！」（現
今流行的是：「煮豆燃豆萁，
豆在釜中泣。本是同根生，相
煎何太急？」）文帝聽後面有
愧色，終於放過曹植。

太和六年（公元 232 年），
曹植逝世，遺言囑令家人
薄葬。

■ 延伸閱讀

曹丕和曹植是同母兄弟，
但曹丕也不是長子。長子曹
昂在征伐南陽張繡時，為救父
親曹操而遇害。此後，曹操一
直為選曹丕還是曹植嗣位，
反覆不定。相當長的時間，
曹操傾向於選擇曹植，這令曹
丕備受壓力。曹植率性情真，
屢失曹操的期望；而曹丕矯情
自飾，懂得在曹操面前爭取。
最後曹操選立曹丕為太子。情
形也可能如曹植自己所說，不
願重蹈袁紹兩子爭嗣而致覆滅
的覆轍，不欲與曹丕競爭。用
更深一層去理解，前期在曹操
心目中，偏向選擇曹植；後期
就決定了選擇曹丕。其中轉變
的關鍵，是曹操要維持漢室或
篡漢的考量的態度的變化。曹
植內心仍一直要維持漢室的，
而曹操諸子中，只曹丕有代漢
之意，這正合後來曹操篡漢的
想法，而曹丕又是長子。曹操
死後不到一年，曹丕就篡漢立
魏。做了皇帝的曹丕，對曹植

極為忌恨，欲除之而後快。曹丕不僅忌恨曹植，對其他兄弟也打擊不遺餘力。這為甚麼曹丕要曹植七步成詩，而曹植有相煎何太急之句的背景。曹魏自曹丕起，一直苛待宗室，是曹魏走向衰亡的重要原因。

歷代例句

{文帝}（{曹丕}）嘗令{東阿王}（{丕}弟{曹植}）七步中作詩，不成者行大法，應聲便為詩曰：「煮豆持作羹，漉菽以為汁；萁在釜下燃，豆在釜中泣；本是同根生，相煎何太急。」帝深有慚色。（魏晉南北朝《世說新語·文學》）

休道是七步成章。（明高明《琵琶記·杏園春宴》）

所謂「耳治」、「口治」、「目治」這誦讀教學三部曲，日漸純熟，則古人的「一目十行」、「七步成詩」，並非難事。（近代朱自清《誦讀教學》）

出類拔萃

■ 釋　義　謂才能品格高出眾人。

【出處】時新喪元帥，遠近危悚。〔琬〕出類拔萃，處羣僚之右。（陳壽《三國志・蜀・蔣琬傳》）

■ 近義詞　出類拔群、出類超群
■ 反義詞　碌碌無為、才疏學淺

■ 故事背景

蔣琬年少時好學不倦，聰敏過人，二十多歲時已跟隨劉備入蜀。諸葛亮非常器重他，視他為自己的接班人，可以一同輔助君王完成統一大業。諸葛亮曾在給劉禪的密表中說：「臣如有不幸，後事可以托付給蔣琬。」

建興十二年（公元 234 年），諸葛亮病逝，蔣琬接替重任，總理尚書台事務。當時由於諸葛亮剛剛去世，朝廷和百姓都人心惶惶，只有蔣琬超出眾人，表現在百官之上，他臉上既無憂戚表情，也無歡愉的神色，行為舉止與平日無異，由此眾人漸漸佩服他。延熙元年（公元 238 年），劉禪命蔣琬整治軍隊，屯駐漢中，伺機伐魏。蔣琬在漢中與吳國夾擊魏國，六年來魏軍不敢來犯。

蔣琬為人公私分明，心胸廣闊。他的下屬楊戲對他不

瞅不睬，楊敏譏笑他糊塗，他都沒有懷恨在心。及後楊敏因事受牽連下獄，眾人以為蔣琬會借機處死楊敏，結果秉公辦理，沒有落井下石。蔣琬為人就是如此通達雅量，因而備受眾人尊敬。

蔣琬

■ 延伸閱讀

諸葛亮在五丈原病篤，蜀後主劉禪遣使省問。諸葛亮病已入膏肓。使者問亮，他百年之後，誰可繼任？亮回答是蔣琬。再問，蔣琬之後，誰可繼任，亮回答是費禕。再問，之後是誰？亮不再回答。這段記載很有意思。亮死後，蔣琬主政，蔣琬死後，由費禕主政。費禕不幸死於非命，由董允繼任主政。董允也是諸葛亮在《前出師表》極力向劉禪推薦的「良實」而「志慮忠純」的賢臣。這三人也不負諸葛亮的賞識，

主政其間，正如陳壽評論他們幾人，「咸承諸葛亮之成規，因循而不革，是以邊境無虞，邦家和一。」不要與魏國相比，比之吳國，蜀國偏隅四塞的一州，人才不易得。幸得諸葛亮的精心培養，一批文臣武將才能支撐後諸葛亮的內外局面，所以蜀人，稱諸葛亮及以下三人為「四相」，或譽為「四英」。比較三國之治理，「四英」時期的劉蜀，最為清明。

陳表將家支庶，而與冑子名人比翼齊衡，**拔萃出類**，
不亦美乎！（陳壽《三國志·吳志·程普黃蓋傳》）

曾不能**拔萃出羣**，揚芳飛文。（南朝宋范曄《後漢書·蔡邕傳》）

夫宇宙綿邈，黎獻紛雜，**拔萃出類**，智術而已。（南朝梁
劉勰《文心雕龍·序志》）

於時，舊儒多已凋亡，惟信都劉士元、河間劉光伯**拔
萃出類**，學通南北，博極古今，後生鑽仰。（唐李延壽《北
史·儒林傳序》）

鞠躬盡瘁

■ 釋　義　盡忠職守，竭盡心力。

【出處】注引 {張儼}《默記》引 {亮} 出師表：凡事如是，
難可逆見，臣鞠躬盡力，死而後已，至於成敗利
鈍，非臣之明所能逆覩也。（陳壽《三國志·蜀·
諸葛亮傳》）

■ 反義詞　拈輕怕重

■ 故事背景

諸葛亮少有大志，常以春秋戰國時的傑出政治家管仲、樂毅自比。他隱居於隆中南陽時，有感於劉備三顧茅廬，禮賢下士之恩，決定終身輔助劉備同謀大業。

建安十三年（公元 208年），吳、蜀兩軍於赤壁與曹軍大戰，將不善水戰的曹軍打個落花流水。曹操大敗北返，孫權和劉備各自佔據荊州的部分，奠定了魏、蜀、吳天下三分之局。

然而，劉備與孫權為爭奪荊州決裂，章武元年（公元221 年），劉備以為關羽報仇為名攻打東吳，結果在夷陵之戰大敗，劉備一病不起，臨終托孤，希望諸葛亮輔助繼位的劉禪。

雖然後主劉禪庸碌無能，但諸葛亮受命於劉備的重托，仍然竭忠盡智，全力輔助後主。他事事親力親為，對內

修明法度，任用賢能，崇儉抑奢，對外則南征北伐，平定了蜀漢南方亂事後，諸葛亮深明，面對北方強曹，絕不能坐以待斃，只有主動出擊，才有一綫生機。

在第一次北伐前，諸葛亮上表後主，勸後主虛心納諫，重用賢臣，專心治理國家。第一次北伐失敗，諸葛亮只好再待時機。

過了幾年，諸葛亮又決定北伐，被群臣反對，於是又上奏表。他提醒後主，征伐曹賊，是先帝劉備遺志。並痛陳六大理由，質疑反對聲音，更向後主表明心迹，他自跟隨先帝以來，便無時無刻都以輔助先帝為己任。接受先帝托付後，他一直睡不能眠，食不知味，一心只想着怎樣達成先帝遺志。最後，他說：「事情成敗，很難預料，但臣一定會鞠躬盡瘁，死而後已。」

諸葛亮

雖然這次北伐又告失敗，但諸葛亮仍不氣餒，一俟機會成熟，便再度出擊，建興十二年（公元 234 年），諸葛亮第五次領兵北伐，終於積勞成疾，於五丈原病逝。終其一生，盡心竭力地為蜀國獻出一切，直到逝世為止。

■ 延伸閱讀

三國時代，屈於一隅之地的蜀漢丞相諸葛亮，不僅被視為一代名相，而且正如唐代大詩人杜甫讚頌的，諸葛亮是「名垂千古」的歷史人物。

不僅在中國，在外國尤其是東亞國家，諸葛亮也是最受崇敬的。

就以日本為例，自明治維新以來，諸葛亮的《出師表》，就被選作中學漢文教科書中的課文。小學日文課文中也有《三顧茅廬》此課文。日本著名文學家土井晚翠撰寫的《星落秋風五丈原》，以悲壯的情調去歌詠諸葛亮的一生，也選入中學日文課文中。自此諸葛亮不僅在日本人所周知，對日本社會人心影響很大，超越時代。中外對諸葛亮的頌讚有多方面，但是主要集中在兩方面。一是對「絕智的軍師」的崇拜。其次是對諸葛亮可昭日月的忠誠的尊敬。在《前出師表》中諸葛亮表白說「鞠躬盡瘁」這句成語，自此也成為後世人表白「至誠」和「決心」的最佳用語。

畫餅充飢

■ 釋　義　用畫的餅來解餓，比喻藉空想來安慰自己。後以「畫餅充飢」比喻徒有虛名，無補於實用。

【出處】選舉莫取有名，名如畫地作餅，不可啖也。（陳壽《三國志・魏志・盧毓傳》）

■ 近義詞　望梅止渴

■ 故事背景

魏明帝與盧毓討論選拔人才之道。

盧毓十歲就父母雙亡，後來兩位哥哥也死於非命，他便擔起照顧寡嫂和侄兒的責任，大家都讚他才德兼備。其博學多才和敢言直諫備受曹操、曹丕和曹叡祖孫三代賞識。明帝曹叡任命盧毓為吏部尚書時就稱讚他秉性忠貞，正直寬大，是一位盡忠職守的賢臣。

明帝又命盧毓挑選一個像他一樣能幹的人來接替他原來的職務。盧毓最初挑選了常侍鄭沖。明帝說：「鄭文和（鄭沖），我了解他了，你給我推薦一個我不認識的人。」於是盧毓推薦阮武、孫邕，明帝選用了孫邕。

明帝討厭諸葛誕、鄧颺等人沽名釣譽，聯群結黨，便免去他們官職，要大臣推選一人做中書郎，還說：「能否挑選到適合的人，全仗盧毓了。

選拔人才不要只選擇有名氣的人，名氣不過像畫在地上的餅一樣，中看不中吃。還要看他是否正直務實。」盧毓認為，古人會讓下屬陳述自己的治績，再考核其表現，現在考核制度已荒廢，決定一個人的升降全賴時人對他的讚譽，真假難辨，現在雖不能依靠名氣羅致奇才，但能夠找到可造之才，只要加以培養，再按常規安排他們職務，從中監察他們的表現，自可找到治世之才。明帝聽後，採納了盧毓的意見，下詔制定考核官吏的辦法。

■ 延伸閱讀

明帝採納盧毓的建議，有其在政治上的考慮。明帝屢打擊「浮華」，並對他視之浮華的諸葛誕、鄧颺和夏侯玄等，皆免官廢錮。其實，在明帝眼中，這是延續漢末以來「共相提表」的「朋黨」勢力。明帝其實是繼承祖父曹操打擊「阿黨比周」政策。

歷代例句

聖人知道德有不可為之時，禮義有不可施之時，刑名有不可威之時，由是濟之以權也。其或不可為而為，則禮義如**畫餅充飢**矣。〔唐馮用之《權論》〕

說梅止渴，稍蘇奔競之心；**畫餅充飢**，少謝騰驤之志。
〔宋李清照《打馬賦》〕

官人今日見一文也無，提甚三五兩銀子，正是教俺望梅止渴，**畫餅充飢**。〔明施耐庵《水滸傳》第五十一回〕

鶯拆書看了，雖然不曾定個來期，也當**畫餅充飢**，望梅止渴。（明馮夢龍《警世通言・王嬌鶯百年長恨》）

談玄說妙，譬如**畫餅充飢**。（明代僧人居頂《續傳燈錄・行瑛禪師》）

老生常譚

■ 釋　義　老書生平常之談，比喻言論無新意。

【出處】｛(鄧) 颺｝曰：「此老生之常譚。」(陳壽《三國志・魏・管輅傳》)《世說新語・規箴》譚作「談」[1]。

■ 近義詞　了無新意
■ 反義詞　耳目一新

■ 故事背景

管輅預言何晏將大禍臨頭。

管輅精通《周易》、天文術數，認識他的賢士都仰慕他。安平人趙孔曜與他交情深厚，將他引薦給冀州刺史裴徽。裴徽見過管輅後也非常讚賞管輅，於是將他推薦給冀州裴使君。裴使君任他為治中、別駕。

正始九年 (公元 248 年)，裴徽舉薦管輅為秀才，他與裴使君告辭時，裴使君提醒他，何晏和鄧颺兩位尚書都有管理國家的經緯之才，對事物理解精闢，何尚書更是精明細緻、說話巧妙，明察秋毫，囑咐他要謹慎提防。

十二月二十八日，何晏宴請管輅，當時鄧颺也在坐。何晏要管輅為他卜一卦，看他

1　語文知識：譚談解；六日譚

管輅

能否位至三公，何晏說：「最近接連夢見青蠅數十隻，飛到鼻子上，驅之不去，是甚麼意思？」管輅解釋：「你位高權重，威如雷電，可惜懷念你恩德的人少，害怕你的人多，恐怕不是好事啊！鼻子為天中，越挺拔越能長守富貴，青蠅喜歡惡臭，如今集中在鼻子之上，恐怕並非好事。」管輅又說：「希望你謙惠慈和，不要做有違禮義的事，對上追思周文王的八卦的含義，對下則追思孔子對卦象的解釋，這樣做的話，三公之位便可達到，青蠅也可不翼而飛了。」鄧颺聽了這話後不以為然地說：「這不過是老書生的陳腔濫調，毫無新意！」管輅回答道：「我這個老書生看見了不能生存的人，而經常談的事情卻能發現別人不能再談。」隱晦地預言他們再不知收斂，大難將至。何晏聽後心裏也不大高興，便說：「過年後再見面。」

管輅回到家把預言說給舅舅聽，他的舅舅嚇得不得了，罵他出言不慎。管輅說：「與死人講話，又有甚麼要怕的？」舅舅大罵他胡說八道。過年之後，西北突然颳起大風，塵埃蔽天，十多日後，據聞何晏和鄧颺被殺，管輅的舅舅才服了。

「老生常談」一詞的現在的使用，總帶點貶意。意帶「落伍」、「老套」等意味。如果從人生道理去說，說話不在老生常談，而在乎是否有道理。老一輩有人生經歷，見得世面多，一些看似老生常談的話，常常是有慧識的道理。如「家中有一老，如同有一寶」一諺語，是表示閱歷和經驗，積累了人生的道理和智慧，蘊藏了人生的不易的道理，不可以老生常談而忽略。

歷代例句

若乃前事已往，後來追證，課彼虛説，成此遊詞，多見其**老生常談**，徒煩翰墨者矣。（唐劉知幾《史通•書志》）

風生羣口方出奇，**老生常談**幸聽之。（宋黃庭堅《流民歎》詩）

這一首詞，也是**老生常談**。（清吳敬梓《儒林外史》第一回）

我懶得應酬，説來説去，全是聽膩了的**老生常談**。（近代夏衍《心防》第二幕）

路人皆知

【出處】「高貴鄉公卒」裴松之注引晉習鑿齒《漢晉春秋》：「帝見威權日去，不勝其忿。乃召侍中王沈、尚書王經、散騎常侍王業，謂曰：「司馬昭之心，路人所知也。吾不能坐受廢辱，今日當與卿等自出討之。」（陳壽《三國志‧魏志‧高貴鄉公髦傳》）

■ 近義詞　家喻戶曉、人所共知
■ 反義詞　秘而不宣

■ 故事背景

曹髦登帝位後，逐漸不滿司馬昭專權，欲誅殺司馬昭，但事敗反而被殺。

曹髦是魏文帝曹丕的孫子，獲封為高貴鄉公。他自幼好學，才思敏捷。

嘉平五年（公元 254 年），司馬師廢掉齊王曹芳的皇位後，改立只有十二歲的曹髦為帝。雖然貴為皇帝，但實權掌握在司馬師和司馬昭手中。隨着年齡漸長，曹髦對司馬昭指鹿為馬，把弄朝政的專橫日益不滿。

甘露四年（公元 259 年），多個縣的水井中相繼有青龍、黃龍出現，人們都認為是吉兆，但曹髦卻認為龍代表君主的德行，如今上不到天，下不到地，被困在水井中，並非好兆頭，便寫下《潛龍詩》自嘲，卻因此令司馬昭起了戒心。

翌年，曹髦忍無可忍，決定剷除司馬昭。他召來朝臣王

沈、王經和王業，對他們說：
「司馬昭篡權之心，懂走路的
人都看得到，我不能任由他罷
黜和羞辱，今天就與你們一
起去討伐他。」王經認為司馬
家在朝野已樹立了鞏固的勢
力，曹髦萬一事敗，就會更加
危險，應要慎重考慮。但曹髦
認為與其坐以待斃，不如速戰
速決。

不料曹髦入宮向太后報
告時，王沈和王業跑去向司馬
昭告密，司馬昭有機會做好防
備。曹髦帶領幾百人採取行動
時，司馬昭已派兵入宮鎮壓。
曹髦在東邊的止車門遇到司馬
昭的弟弟司馬伷，左右大聲斥
喝，司馬伷與部眾逃走。曹髦
又在南宮門遇上賈充。曹髦握
劍在手，賈充部眾本想逃走，
當時成濟問賈充應怎樣做，
賈充大喝：「養兵千日，用在
一朝，現在應怎樣做，還需再
問？」成濟立即衝前一劍刺向

司馬昭

曹髦，劍刃從曹髦的背後而
出，曹髦當場死去。

■ 延伸閱讀

曹髦此舉，在中國歷代帝
王中很少見，很戲劇性，也很
悲壯。司馬氏家對曹氏家的詭
詐橫暴，更甚於曹氏之對劉氏
皇室。司馬昭之廢齊王芳，因
太后之堅持而迎立曹髦的。曹
髦之繼統，從入京開始，表現
謙遜和誠惶誠恐，並非性情急
躁的人。曹髦又遺傳了曹家的
天賦，「少好學，夙成」。司馬

昭曾詢問鍾會，曹髦是一個甚麼樣的人主？鍾會回答說「才同陳思〔曹植〕，武類太祖〔曹操〕。」聽了，司馬昭回答說「若如卿言，社稷之福也。」司馬昭這樣說，自然是言不由衷，反增加了司馬昭的戒心。司馬氏之野心篡曹魏，真是路人皆見。奉司馬昭心意而篡殺曹髦的主謀是賈充。賈家不僅關係曹魏政局的衰敗，對日後司馬晉的政局，更有千絲萬縷的關係。浪漫的典故「韓壽偷香」，就是賈充女兒賈午的故事。而兇險萬狀，影響西晉衰亡的「八王之亂」，則由賈充的另一個女兒惠王后的亂政引起的。魏晉開不出大一統盛世，反陷中國於長期分裂，司馬氏難辭其咎。

歷代例句

尾大末強，路人皆知，不敢聲揚，公獨奮筆。（清黃宗羲《御史余公墓誌銘》）

秦檜之惡，路人皆知。（清夏敬渠《野叟曝言》第七十二回）

膽大如斗

■ 釋　義　極言其膽大，無所畏懼。

【出處】「{維} 妻子皆伏誅」南朝宋 {裴松之} 注 :「《世語》曰 :『{維} 死時見剖，膽如斗大。』」(陳壽《三國志・蜀・姜維傳》)

■ 近義詞　膽大包天
■ 反義詞　膽小如鼠

■ 故事背景

蜀將姜維欲假手魏將鍾會的反叛曹魏，好讓自己有機會復興蜀國，可惜事敗。

姜維原為魏國將領，投降蜀國後受到諸葛亮的重用。諸葛亮、費褘先後逝世後，姜維開始掌領蜀國軍權，多次發動對曹魏的北伐。

景耀六年（公元 263 年），魏將鄧艾攻打蜀國，在綿竹擊敗諸葛瞻。蜀後主劉禪投降，鄧艾進駐成都。由於當時消息混亂，有說劉禪會死守成都、有說他打算東往吳國，有說他南往建寧，姜維唯有退兵到廣漢郪縣一帶，打探消息虛實，但不久收到劉禪投降的詔令，姜維等無奈放下武器，卸下鎧甲，率領蜀兵往鍾會的軍營中投降，蜀國將兵憤怒得拔刀斬石以洩心頭怒火。

姜維雖然投降鍾會，但一直希望復興蜀國，當他發覺鍾會有謀反魏國，在蜀地自立為

姜維

王的意圖，便挑撥鍾會殺害魏國將士。鍾會一方面陷害鄧艾，令鄧艾被監押送往京城，另一方面帶着姜維等人到成都，自稱益州牧，鍾會還撥出五萬兵馬給姜維。魏兵群起反抗，將姜維、鍾會殺死，姜維的妻子兒女也一併遇害。據說，憤怒的魏兵將姜維的屍首剖開來洩憤，發現姜維的膽大得像斗一樣。

■ 延伸閱讀

　　姜維是蜀漢後期軍事的支柱，最後死得也很悲壯。雖然當時和日後對姜維的軍事冒險，多有微詞。陳壽說他「立志功名，而翫眾黷旅，明斷不周，終至隕斃」，評價不高。但他同代人對他還是稱讚的多。郤正著論評姜維，說「據上將之重，處群臣之右，宅舍弊薄，資財無餘，側室無妾媵之褻，後庭無聲之娛，衣服取供，輿馬取備，飲食節制，不奢不約，官給費用，隨手消盡；……如姜維之樂學不倦，清素節約，自一時之儀表也。」姜維未能力挽蜀漢狂瀾，不能全歸咎他的個人，蜀漢後期，政局動搖，人心不穩，以邊鄙孤身主持蜀漢軍事，實獨力難支。

　　至少，姜維一生沒有辜負諸葛亮對他的賞識和期望。諸

葛亮招納姜維，說他「忠勤時　軍事，既有膽義，深解兵意。
事，思慮精密。」又說「敏於　此人心存漢室，而才兼於人。」

有一箇〔趙子龍〕膽大如斗。（元關漢卿《單刀會》二）

樂不思蜀

■ 釋　義　在新環境中得到樂趣，不再想回到原來的環境裏。

【出處】「後主舉家東遷，既至洛陽」裴松之注引晉習鑿齒《漢晉春秋》：「司馬文王與禪（劉禪）宴，為之作故蜀技，旁人皆為之感愴，而禪喜笑自若……他日，王問禪曰：『頗思蜀否？』禪曰：『此間樂，不思蜀。』」（陳壽《三國志‧蜀志‧後主傳》）

■ 近義詞　樂而忘返
■ 反義詞　歸心似箭

■ 故事背景

蜀後主劉禪投降魏國，遷到魏都洛陽居住。他在洛陽耽於逸樂，忘卻國亡之恨。

景耀六年（公元 263 年）夏，魏國大舉進兵攻打蜀國，蜀軍不敵，後主聽從光祿大夫譙周的建議投降。劉禪在降書中說明諭令各軍將領拋戈解甲，官府國庫一絲不損，百姓在郊野列隊，糧食保留在田地上，以待天朝恩賜，希望魏國保存蜀國百姓生命。魏將鄧艾收到降書後非常高興，率兵抵達成都時，劉禪以繩索縛着自己，以車載着棺材到鄧艾營前請罪，以示自己犯了死罪，求鄧艾殺了他再放進棺材。鄧艾為劉禪解開繩索，燒掉棺材，禮貌地請他入營相見。

其後劉禪舉家東遷洛陽，魏元帝冊封劉禪為安樂縣公，並參照古人規矩，讓他擁有封地，永享優厚俸祿。

劉禪在洛陽期間，司馬昭

宴請劉禪，席間特意安排演出蜀國的歌舞，蜀國舊臣都為劉禪亡國而感到悲傷，反而劉禪看得津津有味，且嘻笑自若，絲毫沒有憶念故國之情。有一天，司馬昭問劉禪有沒有掛念蜀地？劉禪回答道：「這裏很快樂，我不掛念蜀國。」

隨侍劉禪的郤正知道後教導劉禪，日後若司馬昭再問起時，應哭泣着回答說：「先人都葬在蜀地，我是天天都惦念着。」果然司馬昭再次問劉禪，劉禪真的如郤正所教的話回答。司馬昭聽後說：「怎麼那麼像郤正的語氣？」劉禪大驚，望着司馬昭說：「你的話沒有說錯。」引得左右的人都大笑起來。

眼見劉禪這樣昏庸無能，耽於逸樂，國破家亡也毫無羞恥之心，難怪司馬昭也對自己的心腹賈充說：「想不到劉禪竟糊塗得如此地步，恐怕即使諸葛亮仍在生，也不能輔助這位少主。」

■ 延伸閱讀

中國歷史上有幾位著名的偏安的亡國後主。三國時劉蜀的劉禪降於西晉，南北朝時陳後主之降亡於隋，五代時南唐李後主的降亡於宋。歸降後的三位後主命運各不同，後世留下的形像也大異。陳後主攜二妃藏於胭脂井，被目為天子風流韻事，而成為戲曲劇目而流傳後世。李後主同樣流傳於戲曲劇目之外，他的感懷故國的詞作，成了一代文學家。蜀漢的後主劉禪，留下的「阿斗」該昏庸之名。無怪乎司馬昭對劉禪，也有「人之無情，乃可至於此乎」之嘆！

李後主因有情，終惹來殺身之禍；劉禪的無情，得享「安樂公」的殘生。福耶！

恥辱耶！但與父親劉備的「梟
雄」，視之如父諸葛亮「鞠躬
盡瘁」，到底情何以堪？

開誠布公

■ 釋　義　待人處事，坦白無私。

【出處】〔諸葛亮〕之為相國也，……開誠心，布公道。（陳壽《三國志・蜀・諸葛亮傳・評》）

■ 近義詞　推心置腹
■ 反義詞　兩面三刀

■ 故事背景

　　諸葛亮為人光明正大，處事公正無私，提拔賢臣，深得群臣稱頌。

　　諸葛亮任丞相時，董厥為丞相府令史，因表現出色而得到諸葛亮的賞識，升任為主簿。諸葛亮去世後，逐漸升至大將軍，統領尚書台政事，與諸葛亮兒子諸葛瞻和樊建總理政務。景耀六年（公元263年），魏將鄧艾率軍侵蜀，諸葛瞻陣亡，蜀國滅亡。翌年，董厥和樊建等到了洛陽，一起擔任魏國參軍。

　　咸熙二年（公元266年），魏國權臣司馬炎迫魏元帝禪讓，即位為帝，改國號為晉，自號晉武帝。某天，司馬炎問樊建諸葛亮的治國之道，樊建就形容諸葛亮是位有錯必改，賞罰分明，從不偏私的人。

　　人們對諸葛亮的評論是：他作為丞相，能夠撫慰百姓，明示禮法，精簡官員架構，制

寶雞—五丈原諸葛亮廟

今事物，處事時會從根本上治理，實事求事，不容忍弄虛作假。因此在蜀國境內，臣民都敬愛他；法令雖嚴竣，但沒有人會怨恨他。能得到百姓愛戴，全因他處事公允。

諸葛亮是懂得治世之道的人，能力足以媲美管仲和蕭何。

■ 延伸閱讀

度會因時制宜而修訂，待人以誠，處事公道；對盡忠職守，有益於世的人，即使是仇人也一定獎賞，相反，若有犯事或做事敷衍塞責者，即使是親屬也一定會懲罰，絕不偏私。他對待知錯能改的人，即使其罪行很重也必定釋放；對巧言令色，意圖掩飾罪過的人必處死；對好人好事，不會因善小而不獎勵；對壞人壞事，不會因小事而不貶斥。他博通古

諸葛亮之善於治理，同代或敵國時人，也有很肯定和很高的評價。甚至後代譽之為「三代之下第一人」。其中他的治理很突出一個特點是「開誠心，布公道」。諸葛亮一生表現了這種管治品質的，有很多例子。檢閱中外古今的領袖，能真做到「開誠心，布公道」的很罕見。這不是一種政治和管理的技巧，更多的出於崇高的品格和修養。管治能力

的高低，不完全是一種理論和技巧，核心的是品格。「開誠心，布公道」看似簡單，其實至難，中外古今，真能做到的沒有幾人。唐朝詩人杜甫的古詩詠懷古迹之五中之「諸葛大名垂宇宙，宗臣遺像肅清高」正好道出諸葛亮所以受歷代景仰的原因。

歷代例句

集思廣益真宰相，**開誠布公**肝膽傾。（宋許月卿《先天集》—《次韻陳肇芳竿贈李相士》詩）

恭聞明公將旨諭{蜀}，**開誠布公**，人心感悅，懽聲如雷。（近代陽枋《字溪集》—《上宣諭余樵隱書》）

三國人物簡介

(按筆畫排序)

孔融	孔融（153年–208年），字文舉，魯國曲阜（今山東省曲阜市）人，三國著名的學者和文學家，建安文學七子之一。孔融是孔子的第二十世孫，家世顯赫，天資聰敏。惟他志大才疏、爭虛名、不近時務，經常有意頂撞曹操，最後被曹操捏造罪名處死。
文醜	文醜（?–200年），是袁紹手下的猛將，以驍勇著稱，與顏良齊名。曹操臣子孔融勸諫曹操要提防他。荀彧卻認為文醜是有勇無謀，一戰即可擊破。官渡決戰中，文醜被任為主帥追擊曹操。後被曹軍的運糧車隊所餌至延津，最終被伏兵殺死。
太史慈	太史慈（生卒年不詳），字子義，東萊黃縣（今山東省龍口）人，善於騎射。太史慈為東漢末北海國太守孔融的客將時，曾游說劉備解救遭黃巾軍圍困的孔融，後改投揚州刺史劉繇未受重用，最後與孫策對壘下惺惺相惜，成為其麾下最倚重的大將之一。孫權在位後，任他管治南方，於赤壁之戰前病逝，死時僅四十一歲。
司馬昭	司馬昭（211年–265年），字子上，河內溫縣（今河南省焦作市溫縣）人，三國曹魏政權的權臣，西晉王朝的奠基人之一。司馬昭具有謀略，武功顯赫，尤以派兵滅蜀，打破三國鼎峙。司馬昭背負歷史惡名是他的手下動手弒殺皇帝曹髦。
司馬懿	司馬懿（179年–251年），字仲達，河內溫縣（今河南省焦作市溫縣）人，三國曹魏政權的政治家，西晉立國的奠基者，曾抵禦蜀漢諸葛亮的北伐，擒斬孟達與平定遼東公孫淵。兒子司馬師、司馬昭先後為曹魏政權的權臣。最後司馬懿發動政變誅殺曹爽，自此曹魏大權旁入司馬氏手中。
呂布	呂布（?–199年），字奉先，五原郡九原（今山西省忻縣）人，武藝高強、弓馬嫻熟，被譽為「馬中有赤兔，人中有呂布」才貌雙全的武將。但他生性反覆無常，無遠識也無定見，叛殺丁原、董卓等主，最後因部下背叛而被曹操擒獲，縊死後斬首。

何晏	何晏（196 年－249 年），字平叔，南陽宛（今河南省南陽）人，三國著名玄學家，開創魏晉玄學的先河。曹操收他為養子，更成為女婿。曹芳繼位時，曹爽輔政，何晏任吏部尚書。不久，司馬懿發動政變滅曹爽，何晏因清談得罪司馬師，誣陷其為黨羽被殺。
呂蒙	呂蒙（178 年－220 年），字子明，汝南富陂（今安徽省阜南）人。呂蒙是一名出色智謀的良將。他是繼周瑜和魯肅之後，都督東吳軍事的統帥。他最出名的軍事行動，是策劃襲殺了關羽，奪取了蜀漢荊州三郡。
來敏	來敏（165 年－261 年），字敬達，義陽新野（今河南省新野縣）人，出身於南陽名門望族。東漢末年，來敏投靠益州劉璋，在蜀漢期間擔任官職，後因不滿諸葛亮提拔後進，向群臣口出怨言。諸葛亮上表請劉禪撤去他的職位。
周瑜	周瑜（175 年－210 年），字公瑾，盧江舒（今安徽省舒城縣）人，相貌英俊、精通音律、文武全才，妻子為小喬。他與孫策是總角之交，為吳國建功立業的重要人物。他也是出色的軍事家和政治家，懂謀略，會打仗。在中國軍事史上著名的戰役赤壁之戰之中，以少勝多擊敗曹操。
周魴	周魴（生卒年不詳），字子魚，東吳鄱陽太守，陽羨（今江蘇省宜興）人，賞罰分明，恩威並施，謫略多奇。他曾斷髮詐降曹休、擊斬彭式、生擒彭綺、誘殺董嗣，安定數郡。在石亭之戰周魴協助陸遜大敗曹休，後加授為裨將軍，封關內侯。
孟獲	孟獲（生卒年不詳），建寧郡（今雲南省曲靖縣）人。孟獲是南中豪強，被益州郡大族雍闓招攬，並命令他聯同其他夷部趁劉備逝世而造反。公元 225 年，雍闓被高定部曲所殺，孟獲收集雍闓殘部對抗諸葛亮的討伐。諸葛亮七擒七縱孟獲，最終令其折服而歸順蜀漢。
郤正	郤正（?－278 年），本名纂，字令先，河南偃師（今河南省偃師縣）人，蜀漢官員，文采出眾，與宦官黃皓和平共處。公元 263 年，劉禪降魏，郤正跟隨劉禪移居洛陽，指導劉禪對答得體，包括司馬昭在宴會播放蜀漢音樂測試劉禪有否異心。

姜維	姜維（202 年–264 年），字伯約，天水冀縣（今甘肅省天水市甘谷縣）人。姜維原為曹魏天水中郎將，後降蜀漢，深受諸葛亮器重，後漸漸掌握軍政大權。他曾先後十一次北伐曹魏，卻以徒勞無功收場，在魏滅蜀之戰見證蜀國滅亡。後降鍾會，他打算利用其野心復國，惜事敗，與鍾會同日死於亂軍之中，終年六十二歲。
荀攸	荀攸（157 年–214 年），字公達，潁川潁陰縣（今河南省許昌）人，荀彧之侄。他與荀彧一起為曹操效力，陪隨曹操出征，擅長臨陣決機，常在戰場上獻計以奇謀制勝，充份發揮軍師角色。曹操稱讚，荀攸做人低調，大智若愚。其後病死在討伐孫權的征途上，享年五十八歲。
荀彧	荀彧（163 年–212 年），字文若，潁川潁陰縣（今河南省許昌）人，東漢末年曹操麾下首席謀士，智謀德兼備，年少有才名，南陽名士何顒曾讚其為「王佐之才」。公元 191 年，由袁紹帳下轉投曹操，數度關鍵時刻，如打呂布、戰袁紹等，憑才智扭轉乾坤，並且推薦了不少人才，增強曹操實力。曹操盛讚荀彧：「吾之子房（張良）也。」荀彧深得曹操信任，官至侍中兼尚書令，後來，因不贊同曹操進爵魏國公，遂令曹操不滿，被派到譙慰勞軍隊，因病留在揚州壽春，憂鬱而死，享年五十歲，後追贈為太尉，諡曰敬侯。
袁紹	袁紹（154 年–202 年），字本初，汝南汝陽縣（今河南省商水縣北）人，出身於名門士族，再憑藉豪傑、遊俠的身份，擁有冀州、幽州、青州及并州等四州，稱雄北方，一度成為實力最強的群雄。公元 200 年，與曹操在官渡之戰中慘敗，不久便病逝。
袁術	袁術（155 年–199 年），字公路，汝南汝陽縣（今河南省商水縣北）人，家世顯赫，汝南袁氏四世三公，與袁紹是兄弟，是東漢末年雄踞淮南的群雄之一。他因稱帝而成眾矢之的，被各地方群雄圍攻，最終失敗，悲憤吐血而死。

袁譚	袁譚（?–205 年），字顯思，汝南汝陽縣（今河南省商水縣北）人，東漢末年割據群雄袁紹的長子。袁紹未定繼承權，不久在官渡之戰後病死。袁譚與袁尚相互鬩牆，曹操坐收漁人之利，先打敗袁尚，後進擊袁譚，袁譚出逃被追兵斬殺。
孫恒	孫桓（198 年–223 年），字叔武，吳郡富春（今浙江省杭州市富陽區）人，是孫權的子侄，博聞強記。他儀容端正，器宇軒昂，能論議應對。孫權常稱他為宗室的顏淵（孔夫子得意學生）。在夷陵之戰有戰功，孫桓被封為將軍，不料早逝。
孫堅	孫堅（155 年–191 年），字文臺，吳郡富春（今浙江省杭州市富陽區）人，東吳奠基者孫策和建國者孫權的父親，出身低微，富於膽識，勇於任事。孫堅任長沙太守時，討平區星及桂陽、零陵的周朝、郭石等，逼荊州刺史王叡自殺。後投靠袁術，他被上表為破虜將軍。他在討伐董卓期間出力最多，諸如殺華雄、擊敗呂布，董卓被迫求和，且遷都長安等。可惜在攻打劉表時因冒進，他被其將領黃祖部下放暗箭而死，年僅三十八歲。
孫策	孫策（175 年–200 年），字伯符，吳郡富春（今浙江省杭州市富陽區）人，孫堅的長子、東吳建國者孫權的大兄，東吳的開拓者和奠基者。短短數年間他掃蕩江東各地方勢力，佔領江東六郡。他與周瑜是總角之交，喜好修飾外表，善於談笑，性格豁達開朗，樂於接受意見，又善於用人。公元 200 年，他遇刺身亡，死前以予二弟孫權繼承基業，授予兵符配以印綬執掌江東，被追諡為長沙桓王。
孫輔	孫輔（生卒年不詳），字國儀，孫堅兄孫羌次子，孫策和孫權的堂兄，吳郡富春（今浙江省杭州市富陽區）人。他跟隨孫策征伐江東，平定三郡、討丹陽及陵陽，在襲取廬江太守劉勳，總是身先士卒。孫策任命其為廬陵太守，後來升任平南將軍，假節兼任交州刺史。後來，孫輔擔心孫權無力守護江東，派遣使者與曹操暗中來往。事情洩露後，孫權將他軟禁起來。數年後去世。兒子興、昭、偉、昕等均獲官職。

孫權	孫權（182 年－252 年），字仲謀，吳郡富春（今浙江省杭州市富陽區）人，三國時期東吳的開創君主。他承襲父親孫堅、兄長孫策的基業，持續經營江東。他選賢任能，且安撫江東世家及南來的士人，對外更擊敗曹操、劉備，令東吳由五郡變成三大州。
馬謖	馬謖（190 年－228 年），字幼常，襄陽宜城（今湖北省宜城）人，三國時期蜀漢參軍，被諸葛亮器重。諸葛亮接納馬謖計謀平定孟獲。劉備臨死前叮囑諸葛亮謂馬謖言過其實，諸葛亮不在意，後果因街亭之敗不聽從調遣，令諸葛亮北伐功敗垂成。一說被諸葛亮處死。另說死於獄中。
徐邈	徐邈（171 年－249 年），字景山，燕國薊縣（今北京市附近）人。三國時期，徐邈曾任尚書郎、涼州刺史、大司農及司隸校尉等要職，成績卓著，尤其管治涼州最為出色，是曹魏重臣。在蜀漢諸葛亮北伐時南安等三郡叛魏，徐邈派兵討平南安城。徐邈愛部下如子，賞賜分發部下，節儉非常，最後以光祿大夫逝世，享壽七十八歲。
曹丕	曹丕（187 年－226 年），字子桓，沛國譙縣（今屬安徽省亳州市）人，曹操的嫡長子。曹丕繼承父親的魏王封號與丞相的權位，篡漢而建立魏國，稱魏文帝。他亦是著名的文學家，與父曹操、弟曹植被譽為「三曹」，也是「建安文學」領袖人物。
曹芳	曹芳（232 年－274 年），字蘭卿，出生地不詳，三國時代曹魏第三任皇帝，魏明帝曹叡的養子。曹叡立其為太子，才八歲即帝位。他是首位傀儡皇帝，經歷曹爽、司馬懿和司馬師先後掌握實權。公元 254 年，司馬師以皇太后命令廢除曹芳。公元 274 年，曹芳病逝，終年四十三歲，諡號厲。
曹真	曹真（?－231 年），字子丹，沛國譙縣（今安徽省亳州市）人，漢末三國時代曹魏名將，曹操族子、曹丕託孤之臣之一。曹真願與將士們同甘同苦，屢將家產貼用，令士卒願意效勞；又多次成功抵禦蜀國進攻，功勳赫赫，令諸葛亮北伐無功而回；又曾征伐東吳及平定涼州叛亂。明帝探望生病的他，下詔讚揚他不因自己是皇室特寵而驕，也不鄙視貧寒之士。後病死洛陽，諡元侯。

曹爽	曹爽（?-249年），字昭伯，沛國譙縣（今安徽省亳州市）人，是曹魏政權落入司馬氏的關鍵人物。魏明帝曹叡臨終前，託交年幼曹芳予曹爽和司馬懿。司馬懿發動政變誅殺曹爽，三位皇帝（曹芳、曹髦、曹奐）都成為司馬氏的傀儡，魏國名存實亡。最後由司馬懿孫司馬炎篡魏。
曹植	曹植（192年-232年），字子健，沛國譙縣（今安徽省亳州市）人，曹操第四子，三國曹魏的著名詩人，文學成就被人推崇，建安文學的領軍人物之一。後世將他與其父曹操、其兄曹丕合稱「三曹」。著名文學家謝靈運評價他在文學的才華，在一石中便佔了八斗。曹植有不少傳頌千古的文學名篇。後因被曹丕、曹叡猜忌，終以四十一歲病逝。
曹髦	曹髦（241年-260年），字彥士，是三國曹魏政權第四個皇帝，年幼時十分好學，聰明早熟。然而，國家大權被司馬師、司馬昭所操控，長大後，他率領宮內三百多兵馬征伐司馬昭，卻被司馬昭手下成濟所殺死，死時二十歲。
曹叡	曹叡（204年-239年），字元仲，沛國譙縣（今安徽省亳州市）人，三國時代曹魏第三任皇帝。他用人得當，能抵禦蜀漢諸葛亮五次攻擊，及擒殺遼東公孫淵，卻縱慾無度、大興宮室，且最失策任曹爽和司馬懿為輔命大臣，導致曹爽終被司馬懿所殺。
曹操	曹操（155年-220年），字孟德，小字阿瞞，沛國譙縣（今安徽省亳州市）人，是締結了三國時代最關鍵的人物，集政治家、軍事家、文學家成就於一身。千多年以來，歷史對其功過是非討論很多，曹操在中國歷史上是出色領袖，也是最具爭議的歷史人物。
許汜	許汜（生卒年不詳），襄陽人，東漢末年名士，是呂布帳下的謀士，有國士之名，但虛有其表無實學。公元194年，他在曹操手下任從事中郎，與陳宮等人背叛曹操而迎呂布為兗州牧。呂布敗亡之後，前往荊州投靠劉表，曾與劉表、劉備共議天下名士，許汜不以為然說陳登驕狂，劉備反駁許汜言辭指其不理解陳登宏大志向。

張郃	張郃（?-231年），字儁乂（音：艾），河間郡鄚〔音：幕〕（今河北省任丘東北）人。張郃是三國著名的戰將。驍勇善戰，能帥將領兵，為曹軍「五子良將」。張郃在街亭曾打敗了蜀漢馬謖，更是迎戰諸葛亮幾次北伐的主將。
張飛	張飛（167年-221年），字益德，涿郡涿縣（今河北省涿州市）人，三國時期蜀漢政權猛將，與關羽並稱萬人敵。他把關羽當作兄長看待，兩人跟隨劉備四處征伐。在當陽長坂張飛一夫當關抵擋曹操大軍追擊，足見他的勇猛！惜他後被部下所殺。
張昭	張昭（156年-236年），字子布，彭城國彭城（今江蘇省徐州市）人，東吳首位重臣。孫策信重他，讓其統率百官。孫策臨終將孫權託付給張昭說：「如果仲謀不成材，你盡可取他自代，就算大業不成，你帶着人馬向西邊發展，也無所謂」。張昭既為顧命大臣，為人正直，義正辭嚴抗顏直諫，耳提面命，孫權視之如父，享壽八十一歲。
張魯	張魯（?-259年），字公祺，沛國豐縣（今江蘇省豐縣）人。張魯祖孫三代是天師道教主，在巴蜀傳授天師道，信眾甚多。益州牧劉焉招攬其到麾下，派他攻打漢中，張魯成功奪取及割據漢中達三十多年，直至公元215年才投降曹操。
張繡	張繡（?-207年），武威郡祖厲縣（今甘肅省白銀市靖遠縣西南）人。張繡是東漢末割據南陽的群雄之一。曹操不計其殺子、姪子的前嫌，接納其投靠。後跟隨曹操征討，張繡立下不少汗馬功勞，最後在北伐外族烏丸病死於柳城。
陳珪	陳珪（生卒年不詳），字漢瑜，下邳郡淮浦縣（今江蘇省漣水縣）人，與兒子陳登，同是協助曹操先後擊滅袁術和呂布的關鍵人物。陳氏父子皆有膽有識，善於用謀，為曹操削平袁術及呂布，是最成功的反間組合。

陳登	陳登（163年－201年），字元龍，下邳郡淮浦縣（今江蘇省漣水縣）人。陳珪之子，陳家是徐州著名士族，年青便擔任東陽縣長，頗具威望。他支持劉備接替陶謙掌管徐州，後來劉備軍被呂布偷襲敗走，他聯同父親合力阻止呂布與袁術聯婚，並暗結曹操欲驅逐呂布。呂布曾以其三位弟弟作為人質要脅，陳登不為所動，事後加拜伏波將軍。三十九歲時因生魚片致重病復發去世。
陳琳	陳琳（?－217年），字孔璋，廣陵射陽（今江蘇省揚州東北）人，建安七子之一。東漢靈帝末年，曾任大將軍何進主簿，後避難至冀州，入袁紹幕僚。袁紹的軍中文書，多出其手，最著名的是《為袁紹檄豫州文》。公元200年，官渡之戰，袁紹大敗。後為曹軍俘獲。曹操愛其才，任為司空軍謀祭酒，曹操軍隊的檄文大多出自陳琳和阮瑀之手。公元217年，疫疾大作，與徐幹、應瑒、劉楨等人染疫疾而亡。
郭嘉	郭嘉（170年－207年），字奉孝，潁川陽翟（今河南省禹縣）人。曹操初崛起，他是重要的謀士。在眾謀士中，他能洞識先機、判斷敏銳、知己知彼、分析透徹，最為曹操倚重。郭嘉短命，在征伐烏桓後病死，曹操為他早逝悲傷萬分。
郭圖	郭圖（?－205年），字公則，潁川（今河南省許昌市）人，本是冀州牧韓馥的部下，後來成為袁紹倚重的謀士。在官渡之戰中被任為都督，屢為袁紹獻計，均未能取得成功。因迫走張郃投降曹操，間接地導致袁紹失敗。公元205年，郭圖和袁譚均被曹操所殺。
陸遜	陸遜（183年－245年），本名陸議，字伯言，吳郡吳縣（今江蘇省蘇州市）人，是智謀兼備、文武全才的政治家和軍事家。出身吳邵陸氏。公元203年，入孫權幕府，因有軍事才能受孫權賞識。他是繼周瑜、魯肅及呂蒙之後的大都督。最為人津津樂道是蜀吳的夷陵之戰，他以逆勝順，打敗劉備五萬大軍。

淳于瓊	淳于瓊（140年-200年），字仲簡，潁川（今河南省禹州）人，袁紹的將領，是袁紹和曹操興衰的「官渡之戰」的關鍵人物。其駐守的烏巢是袁軍的糧倉重地，卻被曹軍燒盡，自己亦被曹軍所殺。袁軍內訌，個別謀士和將領投降曹操。袁紹無力再抗衡曹操。
董卓	董卓（?-192年），字仲穎，隴西郡臨洮（今甘肅省岷縣）人。漢胡混血，年輕以健俠知名，屢在邊疆鎮胡建功，官至并州牧。趁何進誅殺宦官之際，召其進軍洛陽，何進被宦官所殺，中央權力出現真空，董卓掌握了軍政大權。廢少帝立獻帝，推行暴政，敗壞朝綱，造成天下大亂，開啟了三國時代的帷幕。司徒王允設反間計，挑撥董卓大將呂布殺死董卓。
趙咨	趙咨（生卒年不詳），字德度，南陽郡（今河南省南陽市）人，博聞多識，善於辯論，三國時期的吳國大臣。吳蜀夷陵之戰時，奉孫權之命出使曹魏之事最為人熟悉。曹丕輕視東吳，態度傲慢地問他吳王是何等君主。趙咨從容對答，外交辭令得體，令曹丕嘆服，語氣變得恭敬，魏國上下肅然起敬。事後回國，孫權嘉獎他不辱使命，獲封為騎都尉。
趙雲	趙雲（?-229年），字子龍，常山真定（今河北正定縣）人。他是一個智勇雙全，品格高尚的蜀漢名將，是三國時代少見的完人。趙雲的生平事跡，最為後人傳頌，其為人也深受世人的喜愛和尊崇。公元261年，後主劉禪追諡為順平侯。
管輅	管輅（209年-256年），字公明，平原郡（今河北省涿州市）人，三國時代曹魏政權的易學名家，善於卜筮神算，多次準確預測不同人的結局。管輅為何晏解析夢中的青蠅是不祥的徵兆，並暗示鄧颺與何晏有血光之災。結果一如管輅預料，他們均被司馬懿發動政變所殺掉。公元256年，管輅逝世，終年四十八歲。惜未有著作留傳後世。
劉巴	劉巴（?-222年），字子初，零陵烝陽（今湖南省邵東東南）人，是富才智、秉持原則的名士。諸葛亮稱讚他在運籌帷幄比自己優勝。劉巴先後成為曹操、劉璋的手下。蜀漢政權建立後，被任為尚書令，名士風範，聲譽遠播。

劉表	劉表（142 年－208 年），字景升，山陽郡高平縣（今山東省鄒城市）人。東漢末年荊州牧。他英俊瀟灑、性格保守、優柔寡斷、善猜忌人，不懂用人且不妥善立嗣，導致兩個兒子劉琦及劉琮之爭，兒子劉琮白白拱手相讓荊州予曹操。
劉備	劉備（161 年－223 年），字玄德，涿郡涿縣（今河北省涿州市）人。劉備是三國時代蜀漢政權的開創君主，具有魅力及遊俠的俠義精神，善待百姓的仁愛，且有三顧茅廬的器量請出諸葛亮，令關羽、張飛、趙雲等猛將、荊益二州豪傑亦多歸附。
蔣琬	蔣琬（193 年－246 年），字公琰，零陵郡湘鄉縣（今湖南省永州市零陵區）人，三國時代蜀漢繼諸葛亮為相主政。少年蔣琬以州幕僚跟隨劉備入蜀，後丞相諸葛亮任其為幕僚。諸葛亮北伐無後顧之憂，有賴蔣琬在後方統籌。蔣琬接替諸葛亮，以出類拔萃的才幹主政，令人心悅誠服。
魯肅	魯肅（172 年－217 年），字子敬，臨淮郡東城縣（今安徽省定遠縣）人，東漢末年東吳著名的戰略家。魯肅為孫權策劃榻上策，先站穩江東，後放眼天下，成帝王之業。這戰略成為東吳立國的綱本，令孫權成了一代英雄人物。
劉璋	劉璋（?－220 年），字季玉，江夏竟陵（今湖北省天門市）人，東漢末年三國時代割據群雄。繼父親劉焉擔任益州牧，缺乏決斷力，不識人、更不能駕馭人。劉璋與張魯不和，令張魯於漢中自立。又援引劉備入川對抗張魯，令其勢力坐大，平白地丟失了益州。
劉禪	劉禪（207 年－271 年），字公嗣，小名阿斗，出生地不詳。劉備兒子，他是蜀漢政權走向滅亡的關鍵人物。劉禪在位最長，達四十一年，他信賴諸葛亮北伐的事功，但後期政事荒廢、寵信宦官黃皓。公元 263 年，劉禪降魏，移居洛陽。魏國權臣司馬昭故意測試其會否東山再起，竟回覆樂不思蜀。

鄧颺	鄧颺（音羊）（？-249年），字玄茂，南陽新野（今河南省新野縣）人，天資聰敏，是名列「四聰八達」的名士。曹芳幼年繼位，曹爽為輔政大臣，任命他擔任待中、尚書。不久，司馬懿發動政變，鄧颺受到牽連，被夷三族。
諸葛亮	諸葛亮（181年-234年），字孔明，琅琊陽都（今山東省臨沂市沂南縣）人，三國著名的政治家。諸葛亮提出《隆中對》三分天下的戰略，令劉備能建立蜀漢政權。他不負劉備所託，鞠躬盡瘁輔助幼主劉禪，成為公忠體國的典範，被人所傳誦。
鮑信	鮑信（152年-192年），東漢泰山郡平陽縣（今山東省新泰）人，是曹操最初起事的關鍵人物。關東諸侯發動討伐董卓行動，其帶兵響應曹操。後來青州黃巾進入兗州，不幸被黃巾襲擊而死。曹操追記其功績，任用其兒子鮑邵、鮑勳。
鮑勳	鮑勳（？-226年），字叔業，泰山郡平陽（今山東省新泰）人。父親鮑信在協助曹操的戰鬥中戰死。曹操曾起用其為丞相府幕僚，為官清廉，後來因事得罪魏文帝曹丕被處死。不久，曹丕逝世，人們為他遭遇而嘆息。
盧毓	盧毓（183年-257年），字子家，涿郡涿縣（今河北省涿州市）人，三國時代曹魏政權政治家、東漢末年經學家盧植兒子。盧毓先後在曹操、曹丕、曹叡、曹芳以及司馬氏掌權等擔任官職。在魏明帝曹叡時，盧毓對法例律令的修改爭辯，並推薦不少人才。
顏良	顏良（？-200年），琅邪臨沂人（今山東省臨沂縣），是袁紹手下的猛將。曹操臣子荀彧認為他有勇無謀，一戰便可擊破。官渡之戰前，袁紹揮師進攻黎陽，並派遣顏良、淳于瓊及郭圖進攻白馬。顏良圍白馬數月，久攻不下，被曹操派遣關羽趕至，並將他殺死。
關羽	關羽（160年-220年），字雲長，河東解（今山西省運城市）人，是劉備主要親信，失守荊州而削弱蜀漢實力的關鍵人物。少年關羽與張飛跟隨劉備征戰，在白馬助曹操斬殺袁紹將領顏良，後來又離開曹營，回歸劉備，足見忠肝義膽。但最終在駐守荊州，違反《隆中對》策略，腹背受敵，終被孫權大將呂蒙所殺。

龐統	龐統（179 年–214 年），字士元，襄陽郡襄陽縣（今湖北省襄陽市襄州區）人，出身荊州名門，被喻為「鳳雛」，與「臥龍」諸葛亮齊名。龐統年少時質樸魯鈍，愛結交朋友，弱冠之年見名士司馬徽，一天到夜交談。司馬徽稱讚龐統知人才能力，評為盛德，令其漸有名聲。龐統在周瑜擔任南郡太守後，任其為功曹。周瑜死後，龐統後又成為劉備謀士，協助劉備征伐巴蜀，在攻打雒城時被流矢射中身亡，享年三十六歲，追諡為靖侯。
顧雍	顧雍（168 年–243 年），字元歎，吳郡吳縣（今江蘇省蘇州市）人，是東吳的丞相。顧雍為人從不飲酒，沉默寡言，舉止得當，精通琴藝書法，年幼時拜蔡邕為師，後獲州郡舉薦，成年後任合肥縣長，歷任婁縣、曲阿和上虞縣長，所在皆有治績。孫權稱王後，他升遷至大理奉常、尚書令，封陽遂鄉侯，家人事後才知悉大為震驚。公元 225 年，丞相孫邵逝世，顧雍接任丞相，平尚書事。公元 243 年逝世，任相共十九年，諡號肅侯。

註：以上人物簡介由李鈞杰博士提供。